The Road
長路

Cormac McCarthy

戈馬克・麥卡錫 ——— 著　毛雅芬 ——— 譯

影響未來一百年的不朽小說
美國新世紀第一部偉大作品

關乎未來的書寫當如是；請你一定要讀。

——湯姆・恰瑞拉,《君子》雜誌當月選書

文筆優美、動人……當代優秀作家中,麥卡錫猶技高一籌……他以想像鋪陳的場景如夢魘,卻一路閃耀人性的光輝。

——康納・艾尼斯,《美聯社》

書中父子的真切情感,是麥卡錫筆下最深刻的人際互動。

——伊娃・錫珀,《基督論壇報》

樸質述說麥卡錫的新書，或覺此書無盡淒蒼……然整體而論，《長路》猶賜讀者予迷亂、歡愉，甚或樂趣。麥卡錫猶若置身其中，飽滿的想像、對細節的獨特掌握，令此書感人至深……《長路》當獲致不朽，其成就不容懷疑，甚或可說，是新世紀美國藝文創作中，第一部偉大的作品。

——《歐普拉雜誌》

很難想像末世寓言能夠如此書這般優美，教人一讀難忘。麥卡錫選用的字彙繁多且典故豐當，鋪散在書裡造就如畫的效果……《長路》引他跨入嶄新的創作層次……讀者即便鐵石心腸，也要為其動容。

——約翰・富利曼（美國國家書評協會主席），《紐澤西星辰紀事報》

《長路》曝現陰鬱與恐懼的基底，動人至極又使人心緒騷亂；災禍未嘗有過更真切的面目，無論就精神或物質層次來說。——他是本質性的現代主義信徒，在海明威與福克納的時代之後，猶若文藝腔棘魚般奇蹟地存活下來，運用高雅的文筆順應崇高的理念寫作，卻未帶些微輕蔑口

The Road　4

……他的作品漲滿純粹張力,引人驚豔。

——列夫‧格羅斯曼(著名文學評論家、記者),《時代》雜誌

讀過麥卡錫前作的讀者,將驚豔其對父愛的描寫竟如對憂傷的陳述一般深刻、準確……麥卡錫一向關切光明與黑暗的拮抗,而其筆下世界,百分之九十九點九由黑暗形構,所謂光明,不過一束輕光,發自電力短缺的小型電筒。《長路》中,電筒電力幾盡,世界實實在在邁向消亡;是以故事末尾對希望的肯定益發顯得驚人且意味深長——孩子承納父親(與麥卡錫)對愚騃凡人所生發的怒氣,然後將其擱置一旁,逕自替換以人間最奇異的情感:信仰。

——丹尼斯‧勒翰(《神祕河流》作者)

麥卡錫向以辭藻華美著稱,《長路》卻再現美國文學極限主義的合理標的。一九八〇年代,標榜「限制級寫實」的極限主義廣為人知……而《長路》又較前人作品更晦深、可信……它緊緊攫獲讀者內心,以驚異方式侵入讀者夢境……《長路》不是對當下生活的批判,也不對眼下生活所將召喚

的未來提出批評;它的提問更單純,於是更需要想像力,也更貼近小說創作的基礎工程。它問:「無人世界會是怎樣?」而麥卡錫給的答案動人至極……他窮究細節、如康拉德對驚怖靜謐描繪、緩緩鋪展直穿人心的語句,在在給予讀者恐懼與領悟,並使讀者為此深受震動……表現傑出,麥卡錫確能躋身美國文學大師之林;讀其最動人的篇章,似若遍覽梅爾維爾、勞倫斯、康拉德與哈代的著作……不時可見驚人之語。

——詹姆士·伍德,《新共和國》

根本上,《長路》並不背離麥卡錫最擅長的類型書寫,反是對其回歸;發表《血色子午線》(Blood Meridian)之後,麥卡錫再沒有這樣的作品。它不僅廣被視為麥卡錫的頂尖創作(對此,我個人深具同感)也被看作麥卡錫創作生涯的某個基準點……納藏傑克·倫敦式的冒險故事,亦回應《魯賓遜漂流記》的情節……就操弄自然主義、使其在自然與人間苦難的極端情境中竭至發揮而言,麥卡錫的書寫無人能及……他應被視為隱性的文學大師,美國歌德文類大師如愛倫坡、洛夫克萊夫特(Lovecraft)的合法傳人……對《長路》最適切的詮釋,或許正是「以

恐怖織就的抒情史詩」……書中父親的遭遇，驚怖、慘痛，一如遇鬼的奧德賽或依尼亞斯（Aeneas）……全書充滿幽暗的暴力與精確的懸疑，敘事有層次而結構扎實，恰正具備其欲拮抗的史詩特質……書中最煽動人心的布局，既非關乎未來的預言或譏諷性警告，亦非父愛的永恆傳奇，更非麥卡錫對一切社會互動的暴力基底，或不仁天地於渺小人類的淡漠處置所做的檢視分析……它是為人父母者最深刻恐懼的證言……《長路》以無畏和固執拓延棄幼子於崩毀、寂清世界自生自滅之父親的罪惡與心碎，並因此獲致感動、震撼讀者的巨大能量。

——麥可‧謝朋（《卡瓦利與克雷的神奇冒險》作者），《紐約書評報》

做為敘事者，麥卡錫膽大而富魅力……書寫極其動人。

——約翰‧拜倫，《芝加哥太陽報》

《長路》足列麥卡錫最完美的小說作品之一，或屬最感人、最私密的一本……麥卡錫造詣深刻且筆法熟練，遂使父子間的情感即便無可言喻或難以鋪張，讀者猶能於字裡行間覺察其神

7　長路

祕、微妙的變幻……抒情亦殘酷，頹喪也超脫……麥卡錫確屬同世代美國小說家中，最頂尖的四、五人之一。

——史帝夫・艾瑞克森，《洛杉磯時報》書評

驚怖卻優美……賦予讀者不可思議的迷亂與蠱惑。看麥卡錫為極致蒼涼引灌誠摯、真切的人世溫暖……

——安德魯・胡柏納，《紐約郵報》

麥卡錫就陰鬱如「等待果陀」的背景，勾勒孩子心中靈動永恆的信念、父親的愛，以及勇氣的本質。

——戴爾利・唐納修，《今日美國報》

《長路》猶若但丁地獄遊記，怕連但丁都要為其內容驚顫……

——強納生・麥爾斯，《男人誌》

麥卡錫詮說無可詮說的事物……卻又添以非常的溫柔，使其敘事明晰可讀……達至既具驚駭效果又富寓意的藝術成就……本書呈顯的無畏智慧，較一切關乎未來的平安允諾更難自心中抹滅。

——珍納‧馬斯林，《紐約時報》

行文迷幻且震撼，寫情感熱望則使人激奮顫動……《長路》點出人際交往的幽微難安，造就如此優美、晦澀，幾近完美的著作。

——馬克‧霍肯，《村聲》雜誌

迷幻而強烈，殘酷且幽暗——此書適合一人深夜靜讀。儘管故事焦點從未偏離兩位行者，這對父子卻是人性的使者，教我們不禁想像，世界確實鉤懸於兩人鎮靜、無望的追尋之中。大師傑作！

——凱爾‧葛拉夫，美國圖書館協會《書目》雜誌

麥卡錫的新作意旨宏大，關乎文明世界終結、生命殞逝，及一切與之相連的未

世景象。藉兩位失卻標的旅者的目光，他描繪的末日圖景夾藏驚人視覺意象⋯⋯《長路》敘事生動，多數篇章以高雅文體寫就；高雅乃麥卡錫作品的一貫特色，然而此回，其對高雅運用極儉⋯⋯靈動、可信⋯⋯筆法可親易讀，加以透過變幻對話呈現父子至情、故事情節深具感染力⋯⋯麥卡錫著作中，《長路》最是可讀、具興味；針對自然與文明相繼消亡的沉鬱情境，其想像無不慧黠、超群⋯⋯麥卡錫運用傑出才情構造的詩意頗富韻律，它引領我們正視已然衰微的世界，程度之清晰猶似康拉德的作品。

──威廉・甘乃迪，《紐約時報》書評

目次

導讀　末世餘燼，南方之路　文◎伍軒宏　13

長路　23

戈馬克・麥卡錫年表　317

導讀

末世餘燼，南方之路

文◎伍軒宏（《撕書人》作者．文學評論家）

剛開始讀的時候，半信半疑，《長路》有什麼好的？改編電影《末路浩劫》看過了，覺得普通，書會好到哪裡去？末世情節，荒地求生，此類型的小說、電影、電視影集太多了，麥卡錫變得出新把戲嗎？前面幾頁，讀來似乎單調，長路漫漫，如何撐到小說結束？怎麼得到普立茲獎的？

這些懷疑，等跨越小說前幾頁之後，一一消失。原本看似單調的情節鋪陳，只要繼續下去，讀者慢慢感受到密實的情境與情感累積，由外而內。末日世界的描寫，以及覓食求生的故事，麥卡錫老實執行，沒有耍花樣、變把戲，卻愈來愈引人入勝。沒想到充滿關於「過程的」（procedural）描寫，一步一步循序漸進，一個地點、一項物件緊接下一個，就這樣，也能勾動人心，是最讓我驚訝的。讀了快一

13 長路

半,不得不對這本小說另眼相看。愈讀愈緊張,即使裡面並沒有傳統的緊張情節,錫平實文字的感染力,遠勝過電影所能表達,賦予小說中的男人與小孩之間,無限平淡卻又無比強烈的情緒。結束的時候,簡單、高貴,令人動容。但那時候我在火車上,不能顯露出來。

一、男人與男孩

父子二人,踽踽行走於往南方之路,四周荒蕪一片,只剩廢墟。在那個世界,不需要名字,他們只是「男人」與「男孩」,幾乎是「原型」的男性人類。男孩叫男人「爸爸」,母親不在身邊,兩人推著採買用品的購物車,裝著僅有家當,就像家庭主夫帶著孩子。他們關心的事,也很日常,吃什麼?喝什麼?睡哪裡?為了三餐與存活。可是,他們已經沒有家。

路上,男人與男孩很少碰到人,因為大部分的人都死了,全世界。他們也害怕碰到人,始終瞻前顧後、左右察看,因為世界已經淪落,完全弱肉強食。世界毀滅

The Road 14

在《長路》的世界，文明體制已經消失，沒有社會、國家、法律、道德，只剩生存問題，人宛如身處存有的試煉場。問題是，即使倖存的人類為了活下去什麼都可以做，至少某些人，是否還能保留最後的原則？除了害怕被別人傷害，男人與男孩更害怕變成自己無法認同的怪物，所以要不斷確認「我們是好人」：無論情況多壞，有些事我們不做，我們不傷害人，我們不吃人。好幾次，男人為了生存，為了保護男孩，差點越線。因在浩劫後的混亂世界，男孩不斷問父親「我們還是好人嗎？」，要確認他們的最後底線，最後的倫理。

後，只剩最後殘留，動植物幾乎滅絕，食物極度匱乏，任何原本善良的人，都可能為了生存，搶奪物品，動手殺人。人吃人是常有的狀況。為了避免落入人手，父子倆小心謹慎，免得被人看見，提防有人跟蹤，也絕不久居一地，因為太危險。

二、焦土美國

男人與男孩必須戴著面罩，因為一路走來，所經之地，道路兩旁，都是焦土。

15　長路

經過無比熾熱掃過，大地灼燒之後的灰燼，四散飄揚，瀰漫空中，陽光黯淡。以前，路上曾經擠滿逃難疏散的人們，現在只剩落單的畸零人，或組隊四處逡巡的掠奪者。一路上，躲躲藏藏之間，兩人經過各式各樣遺跡：大城、小鎮、或海港小城、小社區、豪宅、農舍、住家、超市、加油站，甚至是埋在地下的碉堡，像遊樂場裡的奇觀展示一樣，一幕幕出現。到處都是廢棄物，堆積的垃圾，以及塵土。我們再度蒞臨美國當代小說裡的經典「能趨疲」（entropy，熵）地景。一切都在衰竭。

儘管身處能趨疲空間，人還是要活下去，男人在廢墟中盡力尋找僅存可用之物，以及極少數殘留的食物。麥卡錫花工夫一一描述、羅列男人找到的東西，原先以為會頗無聊，卻意外地發現在過程中，小說世界的肌理與質地被刻畫出來，讓讀者隨著這些過程，進入男人與男孩的存在處境，愈來愈具體、接近。我也看到麥卡錫看似樸素文字之下，細膩的功力。

麥卡錫之前力作如《血色子午線》、《所有漂亮的馬》、《險路》等，以美墨邊界地區作為鋪陳人物存在情境的場域。那是文化多元、歷史糾纏、族群擠壓的交匯混雜空間，也是美國總統川普執意築牆，阻斷跨越與流通的地方。在《長路》，麥

The Road　16

卡錫打開關切的視野，超越美墨邊境的特定隱喻，把故事投入「普遍化」了的空間，擴大到全美國，甚至全世界。如此設定，不知道是否表示對人類文明前景愈來愈悲觀？

三、魯賓遜與哈克，末世版

冬天將至，除了灰燼之外，空中開始飄雪，走向南方是唯一出路。男人並沒有說清楚南方到底有什麼？有人？有物資？只說那裡溫暖一點。也許只要離開這裡，走向南方就是希望。

麥卡錫用故事點出，信仰或信念是怎麼來的。因為你不得不信，你沒有其他選擇，你必須相信。

覓食、警戒、補充裝備、尋找過夜地點之間空檔，父子兩人只用最簡略字句，交代日常事務。有時男孩賭氣不講話，男人說：你要跟我說話喔。男孩說：我在盡力。儘管已經約化到極簡，有時幾乎沒力氣說話，他們必須談話，因為那是維持關係的方法。那也是維繫父子「傳承」的方法。簡單對話中，兩人討論作為人的基本

原則與價值，但看起來只是日常交談而已。麥卡錫巧妙在最普通的互動中，構築父子情，以及他們的共識：雖然只是僅存的少數人類，他們擔負著文化傳統任務，「把火種傳下去」。

書中荒地求生過程的仔細描述，以及日常的記載，讓人想起《魯賓遜漂流記》。魯賓遜與星期五之外，男人與男孩的組合也讓人聯想到馬克吐溫的偉大經典《頑童流浪記》的哈克與吉姆，尤其是把《長路》放進美國小說傳統來看的話。本書中男孩，繼承文學史裡一連串經典人物，是末世版的「美國亞當」，將啟動更新、重生的力量，在另一個新世界。

大人小孩之間，其實小孩才是主軸。男人知道，為了男孩他才活下去。大人小孩組合一路相伴的電影情節，大都運用類似邏輯，如《世界大戰》中，由於火星人入侵，逃命途中，終於開始關心女兒，終於發展親子關係，終於負起父親責任的湯姆克魯斯角色。著名例子還有《紙月亮》、《女煞葛羅莉》、《中央車站》等等。

The Road　18

四、灰暗之海，廢墟之書

科幻小說和電影，尤其是末世故事類型裡，常設定海洋作為出路，或真實之所在。到了海邊，就找到希望，或發現真相，例子非常多。男人與男孩走向南方的路途中，也到了海濱，不過麥卡錫的安排比較複雜一點。他們在沙灘上待了一段時間，遠處半躺著不斷被海浪拍打的帆船。父子度過一段快樂時光，得到充分補給，甚至施放類似煙火的東西，卻同時滲透著不安，情節在這裡加速，進入重大轉折。

他們面前，是一片灰暗海洋，灰濛濛，鉛色，失去了蔚藍。沒有魚，也沒有海鳥，喪失生命力的海洋，完全不知道遙遠的彼岸還有沒有人類存活。生命來自海洋，但男人與男孩遇到的灰色汪洋，指向生命的衰竭。

《長路》中有一景，非常耐人尋味。某日男人病倒，必須停下休養。那幾天，他想起很久以前一個雨天，在某外國城市，背對桌上的書和紙張，他看到窗外街景，咖啡店遮篷下的貓，桌前的女子。對照之下，他也記得多年之後，站在一棟燒焦成廢墟的圖書館裡，地面一灘灘積水，書架倒塌，書籍四散，書本焦黑。他撿起其中一本，翻閱泡水發漲的書頁，突然領悟一個道理：小小一本書依賴未來的世界

而生,因為書需要人來讀,整棟圖書館建立在對未來的期待上。由於當時男人對未來已無期待,也無法回應書本對讀者的期待,時間連續體斷裂,他放掉手中的書,最後看一眼周遭,離開圖書館,走入灰色陰冷的天光,完全不同於《遺落戰境》裡湯姆克魯斯角色找到埋在地下的紐約公共圖書館時的反應。

灰暗之海、廢墟之書,應該是麥卡錫最悲觀的意象了。

不過,那是男人看到的,麥卡錫知道男孩看到的不同。男人與男孩的差異,就是未來的可能。讀到最後,觀點必須改變,從男人到男孩。視角不同,才看得到未來,希望與期待才能延續,「把火種傳下去」。

獻給
約翰・法蘭西斯・麥卡錫

在暗夜的漆黑與冰冷中醒來,他伸手探觸睡在身旁的孩子。夜色濃過深黑,每個白日灰濛過前日,像青光眼病發,黯淡了整個世界。他的手隨著口口寶貴的呼吸輕微起落。掀開塑膠防雨布,他坐起來,身上裹著發臭的睡袍與毛毯;望向東方,他搜尋日光,但日光不在。醒覺前,在夢裡,孩子牽他的手,領他在洞穴內遊走,照明光束在溼漉的石灰岩壁上戲遊,他倆活像寓言故事裡的浪人,遭體格剛硬的怪獸吞食,迷失在牠身體裡面。幽深石溝綿延處,水滴滑落出聲,靜默中,敲響人世每一分鐘,每個時辰,每一日,永無止息。他倆駐足在寬廣的石室裡,室中泊著一面黝黑古老的湖,湖對岸,一頭怪物從石灰岩洞伸出溼淋淋的嘴,注視他倆的照明燈,目盲,眼瞳慘白如蜘蛛卵。牠俯首貼近水面,像要捕捉無緣得見的氣味;蹲伏著,牠體態蒼白、赤裸、透明,潔白骨骼往身後石堆投下暗影;牠有腸胃,有跳動的心,腦袋彷若搏動在晦暗不明的玻璃鐘罩裡;牠的頭顱左搖右擺,送出一聲低沉的嗚咽後,轉身,蹣跚走遠,無聲無息跨大步向暗黑邁進。

就著第一道灰茫天光,他起身,留下熟睡的孩子,獨自走到大路上,蹲下,向南審視郊野。荒蕪,沉寂,無神眷顧。他覺得現在是十月,但不確定自己想的對不

23　長路

對；好幾年沒帶月曆了。他倆得往南走，留在原地活不過這年冬天。

天光亮得足堪使用望遠鏡之後，他掃視腳下的河谷；萬物向晦暗隱沒，柔軟的煙塵在柏油路上飄揚成鬆散的漩渦。他望著橫在枯木間的道路斷面，試圖尋找帶色彩的事物、移動的事物、飄升的煙跡。他放下望遠鏡，拉下臉上的棉布口罩，以手腕背側抹了抹鼻子，重新掃視郊野，然後手握望遠鏡坐著，看填滿煙塵的天光在大地上凝結。他僅能確知，那孩子是他生存的保證。他說：若孩子並非神啟，神便不曾言語。

他回來的時候，孩子仍睡著。他拉下蓋在孩子身上的藍色塑膠防雨布，摺好，放進外頭的購物車裡，再帶餐盤、一塑膠袋玉米糕、一瓶糖漿回來。他在地上攤開兩人充當餐桌的小片防雨布，把東西全擺上去，解下腰帶上的手槍安在布上，坐著看孩子睡。夜裡，孩子脫下的口罩如今埋在毛毯堆裡。他看看孩子，目光越過樹林往外望向大路。這地方不安全，天亮了，從路上看得見他倆。孩子在毯子下翻身，而後睜開雙眼，說道：嗨，爸爸。

我在。

The Road 24

我知道。

一小時後，兩人上路，他推購物車，孩子和他各背一個背包；不可或缺的東西都裝在背包裡，方便他倆拋下推車隨時逃跑。一面鉛黃色機車後照鏡箍在推車把手上，好讓他注意背後的路況。他挪高肩上的背包，望向荒涼的郊土，大路上空無一物；低處的小山谷有條滯灰蜿蜒的河，動靜全無，然而輪廓清楚，河岸蘆葦都已乾枯，拖著腳步穿越煙塵，彼此就是對方一整個世界。你還好嗎，他問。孩子點點頭。於是，在暗灰的天光中，他們沿柏油馬路啟程。

他倆藉老水泥橋過河，往前多走幾哩，遇上路邊加油站；兩人站在馬路中央審視那座加油站。男人說：我想我們應該進去看看，瞧一眼。他們穿涉草場，近身越過碎裂的柏油停車坪，看見接連加油機的油槽；槽蓋已經消失，男人趴下來嗅聞輸油管，石油的氣味卻像不實的流言，衰微且陳腐。他起身細看整座建物。加油機上，油管還詭異地掛在原位，窗玻璃完整無缺。服務站門戶大開，他走進去，看見一只金屬工具箱倚牆直立。他翻遍每一個抽屜，看到完好的半

25　長路

吋活動螺絲刀柄、單向齒輪盤，沒找到可用的東西。他起身環顧車庫，只見一個塞滿垃圾的金屬桶。走進辦公室，四處是沙土與煙塵，孩子立在門邊。金屬辦公桌、收銀機、幾本破舊的汽車手冊發潮浮腫；亞麻油布地板斑斑點點，因屋頂漏水而浮凸捲曲。穿過辦公空間，他走向辦公桌，靜立著，舉起話筒，撥了許久前父親家的號碼；孩子看著他，問：你在做什麼呢？

沿路走了四分之一哩，他停下腳步回頭看，說道：我們在想什麼，得走回去。他把購物車推離路面，斜斜安置在不易發現的地點，兩人放下背包，走回加油站。他進服務站把金屬垃圾桶拖出來，翻倒，扒出所有一夸脫塑膠機油瓶，兩個人坐在地上，一瓶接一瓶倒出瓶裡的殘油。他們讓瓶身倒立在淺盤裡滴乾，最後幾乎湊到半夸脫。他旋緊塑膠瓶蓋，拿破布抹淨瓶身，掂掂瓶子的重量：這是給小燈點亮漫長幽灰黃昏，與漫長霧灰清晨的油。你可以念故事給我聽了，對不對，爸爸？對，我可以念故事給你聽了。

河谷遠端,大路穿越荒無炭黑的舊火場,四面八方是焦炙無枝的樹幹,煙灰在路面飄移,電線一端自焦黑燈柱垂落,像衰軟無力的手臂,在風中低聲嗚咽。空地上一棟焚毀的屋子,其後一片荒涼黯灰的草原,廢棄道路工程橫臥原始緋紅的淤積河床,更遠處是汽車旅館廣告牌。除卻凋零了、圯毀了,萬事一如往常。山丘頂,他倆佇立寒天冷風中,呼喘著氣。他注視孩子;我沒事,孩子說。男人於是把手搭在孩子肩上,向兩人腳下開敞無邊的郊土點了點頭。他由購物車取出望遠鏡,站在馬路中央掃視低處的平原;平原上,一座城的形體兀自挺立灰濛之中,像某人一面橫越荒原、一面完成的炭筆速寫。沒什麼可看的,杳無煙跡。我可以看嗎?孩子問。可以,當然可以。孩子倚在購物車上調整望遠焦距。看見什麼了嗎?男人問。沒有。他放下望遠鏡。下雨了。對,男人說,我知道。

他們為購物車蓋上防雨布,留置在小溪谷,然後爬坡穿越直立樹幹構成的暗黑群柱,抵達他看見有連續突岩的地點。兩人坐在突出岩塊下,看大片灰雨隨風飄越山谷。天氣很冷,他倆依偎在一起,外衣上各披一條毛毯;一段時間後,雨停了,只剩樹林裡還有水滴滑落。

27 長路

放晴後，他們下坡找購物車，拉開防雨布，取出毯子和夜裡用得著的東西，再回到山上，在岩塊下方的乾地紮營。男人坐著，雙手環抱孩子，試圖為他取暖。兩人裹著毛毯，看無以名狀的黑暗前來將他們覆蓋。夜的襲擊，使城的灰濛形體如幽魂隱沒，他點燃小燈，放在風吹不到的地方。兩人往外走到路上，他牽起孩子的手，向山頂走，那是路的盡頭，可以向南遠望漸趨黯淡的郊野，可以佇立風中，裹著毛毯，探尋營火或光照的信息。但什麼都沒有。山壁邊，安在岩塊中的燈火只是光的微塵；過了一會兒，他們往回走。周遭一切太潮溼，沒辦法生火。吃過冰涼的簡陋餐點，他倆在寢具上躺下，燈放中間。他把孩子的書帶來了，但孩子累得無法聽故事，只說：可以等我睡著再熄燈嗎？可以，當然可以。

他躺很久才睡得著；過了一會兒，他轉身看著男人：微弱光線中，臉頰因雨絲敷上條條暗影，像舊時代的悲劇演員。我可以問一件事嗎？他說。

可以啊，當然可以。

我們會死嗎？

會。但不是現在。

The Road　28

我們還要去南方嗎?

要。

那我們就不會冷了。

對。

好什麼?

好。

沒什麼,就是好。

睡吧。

好。

我要把燈吹熄了,可以嗎?

好,沒關係。

又過了一會兒,在黑暗中⋯可以問你一個問題嗎?

可以啊,當然可以。

如果我死了,你會怎麼樣?

如果你死了,我也會想死。

所以我們還是可以在一起?

對,我們還是可以在一起。

好。

他躺著聽水滴在樹林裡滑落。這就是谷底了,寒冷,沉寂,虛空中,淒涼短暫的風來回運送舊世界殘餘的灰燼:推進,迫散,然後再推進。萬物都失了基底,在由殘灰構成的大氣中頓失所依,只能靠呼吸、顫抖與信仰存續生命。但願我心如鐵石。

黎明前他醒來,看灰茫天色向曉,過程緩慢且半帶晦暗。孩子還睡著,他起身,套上鞋子,披上毛毯,穿過林木向外走。往低處走進岩塊間的隙縫,他蹲下來咳嗽,咳了很久,其後跪倒煙塵裡,抬臉仰對愈形蒼涼的白晝。你在嗎?他輕聲說,末日時刻,我見得到你嗎?你有頸子嗎?我可以掐你嗎?你有心嗎?操你媽的,你有靈魂嗎?上帝,他低語著,噢上帝。

The Road　30

隔日正午,他倆經過那座城。他握槍的手架在購物車頂摺疊的防雨布上,要孩子緊緊依在他身旁。城大抵焚毀了,了無生命蹤跡。市街上,汽車疊上層層厚灰,一切都教煙塵敷蓋,原來的道路則為乾透的爛泥包覆。某戶門道上,一具屍體枯槁到只剩外皮,正對白日歪曲著臉。他把孩子拉近,說:記住了,你收進腦袋的東西,會永遠留存在那裡,你可要仔細考慮。

人不會忘記嗎?

會,人會忘了他想留住的,留住他想忘記的。

離叔叔的農場一哩遠,有一面湖。以前,每年秋天他都和叔叔到附近收集柴火。他坐在小船尾端,一手拖在冰涼的船尾波裡,叔叔彎腰搖櫓。老傢伙的雙腳套黑羔羊皮鞋,穩穩倚靠直木條撐著,頭戴草帽,齒夾玉米斗,斗缽晃掛一道稀薄的口水;他轉頭瞧瞧對岸,擱下船槳,取下嘴裡的菸斗,以手背抹抹下巴。沿湖岸列隊的白樺木,有色彩暗沉的萬年青做後景,益顯得蒼白如骨。湖水邊,斷枝殘幹錯織成防波牆,樣貌黯灰殘敗,都是幾年前一場颶風颳倒的樹。長久以來,林木被鋸倒、送走,以充當柴火。叔叔調轉船頭,架穩船槳,他倆在泥沙堆積的淺灘上漂

31 長路

流,直到船尾板磨卡進沙地。清水裡,有條死鱸魚翻出肚皮,還有枯黃的葉。他們把鞋留予漆色和暖的船舷板,拖船上岸,拋出下錨繩——一只灌了水泥的豬油桶,中央插圓眼鉤。他倆沿湖岸走,叔叔一路檢視斷木殘幹,一路吸菸斗,肩頭盤一捆馬尼拉麻繩。他挑中一截斷幹,兩人合力以樹根為支點將它翻倒過來,教它半漂在水上;褲管雖挽到膝上,還是浸溼了。將繩頭拴上船尾之後,他們划槳回航,斷幹拖在船後。其時夜已降臨,僅餘槳架沉緩間歇的擦磨、咕噥聲音;岸邊,玻璃窗如湖面幽漆,燈火沿路亮起。某處傳來收音機聲;他倆默默不語。這是孩提時代的完美記憶,這一天,形塑了日後的每一天。

接下來有好幾天、好幾週,他們拚命往南方趕去,孤寂,然而意志堅定;穿過鄙野的山區,途經鋁皮搭建的住屋,有時看州際公路在低處蜿蜒經過裸立的新生林。天很冷,愈來愈冷。山裡,在深邃溝谷的一邊,他們停下腳步,越過溪谷向南遠望,視力所及,郊土一片焦黑,形體黯淡的岩群矗立灰燼聚積的沙洲,滾滾煙塵

The Road　32

如浪升起，往南吹拂過一整片荒地。陰鬱天色背後，看不見晦暗日光流轉。

日復一日跋涉燒灼過的土地。孩子找來幾根蠟筆，給口罩塗上尖牙，其後繼續蹣跚行走，並不埋怨什麼。購物車有只前輪不穩，但能怎麼辦呢，沒有辦法。眼前萬事成灰，卻生不起一把火；夜晚既長，且黑，且寒冷，更勝他倆見識過的一切。嚴寒幾可碎石，或者奪命；他懷抱著、緊貼打顫哆嗦的孩子，黑暗中點數每一次微弱的呼吸。

■

他醒來，聽見遠處的雷聲，於是起身坐定。四周盡是幽微的天光，抖顫著，未知所從來，相互折射於飄移的煙塵雨。他拉低蓋覆兩人的防雨布，久久躺著，側耳聆聽。若淋溼了，他們沒火可烘乾；若淋溼了，恐怕只得這麼死去。

那些夜裡，他轉醒正對的黑暗，既不可見，也不可解，濃重得僅僅聆聽便傷卻

33　長路

耳力。於是他常得起身。除卻風聲穿梭黯黑的禿樹,四周渺無聲息。他起身,搖晃直立在冰冷閉鎖的黑暗裡,伸張雙臂維持平衡,腦殼下,前庭系統疾速生產各式運算結果。古老的敘事。他挺直身體。一個踉蹌但沒摔倒。邁大步向虛空走去,回程並數算著自己的步履。雙眼緊閉,雙臂划移。挺身向誰呢?向深夜裡,根源中,基底上,那無以名狀的東西。之於它,男人與繁星同為環伺周遭的衛星;像神廟中,巨大鐘擺循漫漫長日刻畫宇宙的運行。你可以說,那鐘擺對其舉動一無所悉,卻深知自己必須繼續下去。

他們花了兩天時間橫越那片灰白的荒野。荒野另一頭,一條大路順著山巔走,山裡,四處都有荒蕪林地傾頹衰敗。下雪了,孩子說。他望向天空,一片暗灰的雪花飄落;他伸手捉住,看雪在手裡融化,消逝如基督教世界裡,最後一位慷慨的東道主。

The Road 34

兩人披防雨布同步向前。潮溼晦暗的雪花旋繞著自虛空降落，灰澀泥濘占據道路邊緣；煙塵堆浸溼了，底下流淌出汗黑的水。遠方山區不再出現野火；他想，嗜血教信徒必定耗盡了彼此的生命，所以這條路不再有人通行，既不見商旅，也不見盜匪。過了一會兒，他們在路邊看見一座車庫；站在敞開的庫門裡邊，兩人看灰濛濛的冰雨，自頂上國度瘋狂墜落人間。

他們撿了幾個舊紙箱，在地板上生起一堆火。他找到一些工具，於是清空購物車，坐下來修整車輪。他拉出輪栓，用鑽子推出栓上的夾套，拿鋼鋸切一段鋼管重套上去，再把栓子拴回去，然後立起購物車在地面四處滑行。輪子滾動極順；孩子坐著看一切發生。

清早，兩人重新上路，在杳無人跡的國度。途經一座穀倉，倉門釘著死豬皮，皮面殘破，尾巴細瘦。倉裡，三具屍體懸掛橫梁上，在成束的殘光之間乾癟、生灰。這裡可能有東西吃，穀物之類的，孩子說；我們走吧，男人回答。

他最擔心鞋子。鞋子、糧食。永遠都要擔心沒東西吃。他們在老舊的泥板煙熏房找到一條火腿，就著鐵鉤高高掛在角落邊，乾皺、枯老，像墳裡取出來的東西；他拿刀一切，裡層是暗紅、帶鹹味的肉，油脂豐厚而美味。當晚，他倆拿火腿在火上煎，肥厚厚的好幾片，煎過之後再混罐裝青豆燉煮。其後，他在暗夜醒來，以為聽見黑漆漆的山丘低處傳來牛皮鼓聲，然而僅有風在飄移，四周一片寂靜。

■

夢裡，面色慘白的新娘從綠葉茂密的樹篷下向他走來，乳尖灰白，肋骨也敷上白漆。她穿薄紗禮服，黑髮以排梳盤起、固定，有象牙排梳、貝殼排梳。她微笑著，低垂雙眼。早晨又下起雪，成串細小灰白的冰珠，沿頂上的電線垂掛。

他夢見的，他並不相信。他說，涉險之人，當做涉險之夢，其餘都屬困倦與死亡的召喚。他睡得少，睡得淺。他夢見走在遍地開花的樹林，有鳥在他倆眼前飛越，在他，和孩子眼前；天空藍得刺眼。他學著自此等誘人的世界中將自己喚醒。

The Road　36

仰躺黑夜裡，不思議的蜜桃滋味在口中逐漸散去，那桃來自幻象中的果園。他想，若自己活得夠久，眼下的世界終將全然頹落，像在初盲者寄居之地，一切都將緩緩地，從記憶中抹去。

但旅途上做的白日夢喚不醒。他的腳步沉重。他記得她的一切，卻不記得她的氣味。劇院裡，她坐在他旁邊，傾身向前聽著音樂。黃金螺旋壁飾，牆上嵌著燭臺，舞臺兩側，簾幕的縐褶瘦高如圓柱；她握他的手擱在大腿上，夏季洋裝材質輕薄，他觸到她玻璃絲襪的襪頭。停住這一刻。儘管降下黑夜，降下寒天吧，我詛咒你。

他撿來兩支舊掃把做成刷子，綁在購物車輪前，清理路上的殘枝。然後，他讓孩子坐進購物籃，自己像駕狗雪橇一樣站上推車後端橫桿；兩人滑行下山，學滑雪選手擺動身體，操控推車行進的路線。這麼久以來，他第一次見孩子笑。

山巔上，大路繞了個彎，畫出一片路肩，古舊的小徑則向樹林延展。他倆走上

37　長路

路肩,坐在長凳上眺望峽谷,谷裡,起伏的地勢沒入塵霧。山下有一片湖,冰冷,灰濛,沉重,躺臥在郊區萬物掏淨的窪地裡。

那是什麼呀,爸爸?

那是大壩。

大壩做什麼用?

造湖。蓋大壩之前,下面本來是河。流過大壩的水推動一種叫渦輪機的大風扇,就能發電。

對,能點燈。

我們可以下去看看嗎?

我覺得太遠了。

大壩會在那裡很久嗎?

大壩是水泥做的,應該會留存幾百年,甚至幾千年。

會吧。大壩是水泥做的,應該會留存幾百年,甚至幾千年。

你覺得湖裡有魚嗎?

沒有,湖裡什麼也沒有。

許久以前,他在距此不遠處,曾看獵鷹循綿長青藍山壁往下俯衝,挺直胸骨中線,攫走鶴群裡位置最核心的一隻。鷹帶牠飛降河畔,那鶴清瘦且傷殘,鷹拖拽著牠浮鬆紊亂的毛羽,周遭是凝滯的秋日氣息。

空中塵埃滿布,張口一嘗,滋味永難忘懷。他倆先站著淋雨,兩雙腳又溼又寒,兩雙鞋漸漸毀壞。長年固守山邊的作物枯死、傾頹了;陰雨中,稜線上不結果的樹木,更顯得裸禿而黴黑。

而夢竟如此多姿多彩,死神還能怎麼向人召喚?冰凍晨光裡醒來,萬事瞬間成灰,狀似塵封幾世紀的上古壁畫,突地重見天日。

天放晴了,且寒氣消散,兩人終於走進谷底開敞的低地。片片相連的農田依舊清晰可見,但沿荒廢谷地向前,只見萬物連根敗壞。他倆順著柏油馬路穩定前行,途經挑高夾板屋,屋頂是機器輾的鐵皮。田野上有原木搭建的穀倉,屋頂斜面用褪了色的十呎大字鋪寫廣告標語:體驗岩石城。

路旁的矮樹籬都化成了連串枯黑曲折的乾刺藤,了無生氣。他教孩子持槍站在路中央,自己爬上石灰岩階梯,順勢走入農舍前廊,手護在眼睛邊遮蔽光線,探看窗戶裡邊。他由廚房走進去,屋裡垃圾、舊報紙隨地亂丟,瓷器收在櫥櫃,茶杯掛上吊鉤。他穿過走廊到起居室門口,室內,古董腳踏風琴安置一角,一部電視機,廉價鋪棉家具與古舊手工櫻桃木衣櫃很相配。他上樓巡看臥室,所見之物都染著灰塵;孩童房有棉布小狗在窗臺眺望庭院。他檢視每一座衣櫥,一一拉開床褥,最後揀了兩條不錯的羊毛毯,下樓。食物儲藏櫃有三罐自製醃番茄,他拿來吹開瓶蓋上的灰,細細查看,早他一步路過的人不敢輕易嘗試,他最後也決定不冒這個險;他肩上掛兩條毛毯,走出農舍,兩人重新上路。

在城郊路過超級市場,停車坪上垃圾四散,還有幾部舊車停在那裡。他倆將購物車留在停車坪,走進亂七八糟的過道。農產區的儲物箱底有一把萬年花豆、一些看似杏桃的東西,因為陰乾的時間太長,皺到不成形狀,像在諧謔自己。孩子跟在身後;他們推開後門走出去,在屋後巷道發現幾部購物車,全都鏽得很嚴重。兩人又走回店裡找其他推車,但一部也沒找到。門邊兩部冷飲販賣機翻倒在地,早讓鐵

撬撬開，錢幣四處散落塵灰裡。他坐下來，伸手往搗壞的販賣機內部搜尋，在第二部機器觸到冰涼的金屬柱體；他慢慢收手，坐著看那罐可口可樂。

來，坐這裡。

什麼好東西？

好東西，給你的。

那是什麼啊，爸爸？

他調鬆孩子的背包肩帶，卸下背包放在身後的地板，拇指指甲伸進罐頂的鋁製拉環，打開了飲料罐；他湊近鼻子感受罐底升起的輕微氣體撞擊，然後遞給孩子。

嘗嘗看，他說。

孩子接過飲料罐：有泡泡，他說。

嘗嘗看。

他望向父親，微微傾倒罐身喝了一口，坐著想了想，說：真的很不錯。

是啊，還不錯。

你也喝一點吧，爸爸。

你喝。

喝一點嘛。

他接過鋁罐，啜飲一口，又還了回去。你喝吧，我們在這坐一會兒。

因為我以後永遠喝不到了，對不對？

永遠是很長一段時間喔。

好吧，孩子說。

隔日黃昏，他倆進城。州際公路交錯區，綿長的水泥道路曲線，襯遠處陰鬱的天光，猶如廢棄的巨型主題樂園。他拉開大衣拉鍊，槍繫腰上，安在身體正面。風化乾屍四處可見：皮肉脫骨，筋絡乾枯如繩、緊繃似弦，形體枯槁歪曲彷若現代沼澤屍[1]；臉色蒼白像燒煮過的被單，齒色蠟黃慘淡；他們全打赤腳，猶如同個教派的朝聖團，鞋，早被偷走很久了。

兩人繼續向前走。透過後視鏡，他不斷留意身後動靜，但飛揚的塵土是路上唯一的騷動。他們渡越高架水泥橋，橋身橫跨河面，橋下有碼頭；小遊艇半陷灰寒河水，聳立的煙囪因煤灰而朦朧。

隔天，在城南幾哩處的彎路，他倆在枯瘠灌木林間半迷了路，遇上一幢老木屋，帶煙囪、三角牆、一面石磚壁。男人停下腳步，推購物車滑上車道。

這是哪裡啊，爸爸？

這是我長大的地方。

孩子站著注視那房子。底牆斑駁的木料層板多被拿去做柴火，露出牆內的立柱和隔熱材；後陽臺磨損的紗窗橫躺於水泥露臺。

我們要進去嗎？

為什麼不進去？

我怕。

你不想看看我以前住的地方？

不想。

不會有事的。

1
史前古人死後葬於沼澤，因沼澤細菌有利屍體保存，至今出土，形體多保持完好。沼澤古屍較常見於愛爾蘭。

43　長路

說不定屋裡有人。

我不覺得有。

要是有呢?

他站定,抬頭望向三角牆內自己的老房間,然後看著孩子:那你要在這裡等嗎?

我知道,可是你真的每次都這樣講。

我很抱歉。

不要。你每次都這樣。

■

他們脫下背包安在露臺上,踢蹬過前廊的垃圾,推門進廚房。孩子抓著他的手。多半還是他記憶中的模樣。房廳是空的;通往飯廳的小隔間,擺一張裸空鐵床架、一張摺疊金屬桌;小巧壁爐裡,還放著同樣的鑄鐵製爐架。壁上的鑲框消失了,餘下框邊痕來積攢灰塵。他站著,拇指拂過壁爐臺,沿漆過的木板觸碰一個個

The Road 44

裂孔。四十年前，他們在這板上扎圖釘掛聖誕襪。我小時候在這裡過過聖誕節。他轉身望向庭院，院裡荒蕪一片，枯槁的紫丁香枝葉糾結，狀似樹籬連延。寒冷的冬夜，若有暴風雨導致停電，我們會坐在這，在爐火邊，我跟我姊姊，在這做功課。孩子望著他，看幻影攫獲住他，而他並不自知。我們該走了，爸爸。男人說好，但仍不走。

他倆穿過飯廳，飯廳壁爐底的耐火磚顏色，如新鋪當日一樣鮮黃，因他母親見不得地磚燻黑；雨水教地板變了形。有隻小動物的骨骸在客廳裡崩散了，落置成一堆；可能是貓。一只平底杯立在門邊。孩子緊握住他的手。兩人上樓，拐彎，步入廊道；地上一小團、一小團積著發潮的灰泥，天花板裡層的木條暴露出來。他站在自己房門口，門內是屋簷下一塊窄小的空間。這是我以前睡覺的地方，夢裡的世界或色彩繽紛，或可怖動人，沒有這面牆；千百個依童稚奇想織夢的夜，夢裡的世界或色彩繽紛，或可怖動人，沒有一個像真實的世界。他推開衣櫥，多少期待著發現兒時玩物。然生冷天光穿越房頂灑落，色澤與他的心同樣灰濛。

我們該走了，爸爸，可以走了嗎？

可以，我們可以走了。

我怕。

我知道，對不起。

我真的很怕。

不要緊。我們不該進來的。

三夜之後，於東方山脈的丘陵地，他在黯夜裡轉醒，聽見有東西靠近。他仰躺著，雙手擺放身體兩側。地表顫動，那東西向他倆逼近。

爸爸？爸爸？

噓，不要緊。

怎麼回事啊，爸爸？

它愈靠愈近，愈近愈大聲，萬物同步顫抖；它像地下列車從他倆身下經過，朝暗夜駛去，最後消失無蹤影。孩子緊依著他哭，小頭埋到他胸膛裡。噓，不要緊。

我好害怕。

我知道。沒事的。過去了。

怎麼回事啊，爸爸？

地震。過去了，沒事的，噓。

最初幾年，道路上難民充斥，一個個穿裹在層層衣物裡。他們戴面具和護目鏡，披掛著破布坐在馬路邊，貌似受傷的飛行員。單輪推車堆滿劣質品，人人拖拉著四輪車或購物車，腦殼下，閃爍著發光的眼睛。失卻信念的軀殼沿公路蹣跚行走，猶如流徙於蠻荒之地。萬物弱點終被突顯，就此毀滅，消解。顧盼四周，永遠，是很長一段時間；然他心裡明白的，孩子與他同樣清楚：永遠，是連一刻也不存續。

夜。最終一件保有尊嚴的情物，古老而煩擾的爭議消化為虛空與黑

將晚，在一棟廢棄的屋子，孩子還睡著，他坐在撲灰的窗邊，就灰茫的光線，讀一份舊報紙。詭異的新聞，離奇的關懷：櫻草花在晨間八點閉合。他看孩子睡

做得到嗎？那一刻來臨時，你能不能做到？

他們蹲在路中間吃冷飯配冷豆子，都是幾天前煮的，已經微微發酵。找不到能

47 長路

隱蔽生火的地點；夜裡暗黑陰冷，他倆在發臭的被褥下依偎著睡。他緊抱孩子，那麼清瘦的身體；我的心肝，我的寶貝。然他知道，即便自己能做稱職的父親，情勢仍或如她所料：孩子，終究存立在他，與死亡之間。

歲末了，他幾乎無能測知現下是哪個月份。他認為目前的存糧足供他倆翻越山嶺，但實際情況誰也無法確知。穿越分水嶺的隘口有五千呎長，屆時天候勢必非常寒冷。他說過，一旦進入沿海區，凡事迎刃而解，然而，夜裡轉醒，他了悟這想法既空洞也不切實際；他倆很可能困死山中，這也許就是最後的結果。

穿越度假村廢墟，走上南向道路，沿路坡道上，焚毀的林木綿延數哩；他沒想到雪下得這麼早。沿途不見人跡，四處不見生氣。大火薰黑的熊形巨石兀立草木稀疏的山坡；他凝佇石橋上，其下，流水低吟著匯入塘坳，緩緩漩個圈造出濛灰水沫。他曾在這裡看鱒魚隨水流擺動，循礫石河床追索魚群的曼妙暗影。他倆持續向前，孩子循他的腳步蹣跚行進，他屈身傾向購物車，順Z形山路迂迴上坡。山區高處仍有篝火燃燒，深夜，煤灰落塵間透見深橘色火光。天愈來愈冷，他們生營火整

The Road 48

夜漫燒,清早啟程還在身後遺下未燃盡的火堆。他拿麻布袋包覆兩人雙腳,用軟繩繫緊;目前積雪僅有幾吋深,他心裡明白,雪再堆深,他倆便得丟下購物車。眼下前行已不輕鬆,他經常停下腳步休息,舉步維艱行進到路邊,背對孩子,兩手扶膝彎腰而立,咳嗽,起身後淚流滿面,灰濛雪地餘留幽微的血霧。

他倆倚附一方巨石紮營,他取桿子撐防雨布,造了一篷避難所。生火後,兩人拖來一大束斷枝來支應當夜的柴火。他們撿枯死的鐵杉枝鋪疊在雪上,裹著毯子正對營火坐下,喝完最後一份幾週前搜刮來的可亞。又下雪了,輕軟雪花自濃黑夜色散落;他在靜好的暖意中瞌睡,孩子懷抱柴火的身影敷蓋於他,他注視著,孩子餵養那火焰。神派的火龍,引點星火向上飛衝,然後迫散於杳無星辰的夜空。臨終遺言並非全真,一如此刻不踏實的幸福並不虛無。

清晨醒來,柴火已燒盡成炭;他走向大路,萬物燦亮,彷如失落的陽光終回大地,染橘的雪地有微光閃爍。高處,山脊如火絨,森林大火映暗鬱天色沿路漫燒,華美閃亮猶如北極光。天寒如此,他卻駐足良久;眼前景色觸動他內在遺忘許久的

49 長路

某種事物。拿筆記述吧，或誦經祝禱，記住這個時刻。

天更冷了，高地裡萬物靜寂。大路上濃濃飄浮著燃煙的氣息。他在雪地上推購物車前進，一天數哩，無從得知山頂的距離。他倆吃得儉省，所以無時不在挨餓。他停步眺望整片郊土，低遠處有條河。他倆究竟走了多遠？

夢裡她病了，由他來照護。夢的場景雖似獻祭，他卻有不同的詮釋。他並未料她，她在黑暗中孤獨死去；再沒有夢了，再沒有清醒的時空，再沒有故事可說。

一路上沒有宗教領袖；他們離開了，我被留下，整個世界也被他們帶走。我的疑問是：「永不可能」和「從未發生」有什麼不同？

月亮隱匿在黑暗裡。如今，夜微微抹淡了黑；向曉，遭流放的太陽環地球運轉，像憂傷的母親手裡捧著燈。

The Road 50

破曉時分，有人在人行道上呆坐，布衣下，半燒灼的軀體冒著煙，像殉教自殺未遂；旁人會對他們伸出援手。一年之內，山脊線冒出熊熊烈火，人間充滿錯亂的歌頌。橫遭謀殺的人尖聲吶喊；清晨，死者沿大路釘掛在木樁上。他們做錯了什麼？他這麼想，窮塵世之過往，受罰的恐怕比犯罪的更多，想完卻不覺得好過。

空氣愈來愈稀薄，他相信山頂不遠了，也許明天就能到達，然而明天來了又走。不下雪了，但路上的積雪有六吋厚，推車上坡成了費勁的工作；他覺得或許得丟下購物車。沒了推車，兩個人能背多少東西？他立定望向荒蕪的山坡。煙塵飄落積雪，雪地轉白為黑。

每一次拐彎都錯覺隘口就在眼前。一晚，他止步環顧周圍，認出了所在的地點。他鬆開大衣領，放下連衣帽，站定了側耳傾聽；風在枯黑的鐵杉木間流盪，空寂的停車坪在崖頂看臺上。孩子站他身邊，位置正是許久前某年冬天，他與他父親站立的地點。爸爸，這是什麼呀，孩子說。

深溝。這是一道深溝。

51　長路

清早繼續奮勉向前。天很冷，午後又開始落雪，於是他們提早紮營，在防雨布搭的斜頂篷下蹲著，看雪飄落在營火上。到隔日清晨，地上積了幾吋新雪，但天不下雪了，四周寧靜得只聽見心跳聲。他往舊炭堆上新柴，搧動餘燼讓火再燃燒起來，然後拖著腳步繞過雪堆，去把購物車找出來。他翻揀了罐頭之後走回來，兩人坐在火邊吃罐裝醃腸配最後幾片餅乾；他從背包口袋找到最後半包可可亞，沖了給孩子喝，自己倒一杯熱開水，坐下沿杯緣吹涼。

你說過你不會這樣做的喔，孩子說。

什麼？

你知道我說什麼，爸爸。

他將開水倒回平底鍋，取孩子的茶杯分一點可可亞進自己的杯子，才把茶杯還回去。

我得時時盯著你，孩子說。

我知道。

是你自己說的,小信不守,就會背大信。

我知道;我不會了。

■

一整天都在掙扎著走下分水嶺的南向坡。積雪深的地方,購物車完全推不動,他得邊開路,邊單手把車拖在身後。深山裡找不到做雪橇的材料,既沒古舊金屬標誌板,也沒錫片房頂蓋。包腳的麻布袋全被雪浸透,成天都覺又冷又溼;他若倚著購物車喘氣,孩子便停在一邊等。山頂傳出尖利的爆炸聲,然後又一聲;是樹倒了,他說,沒關係。孩子望向路邊枯木。沒關係,男人說,樹是遲早要倒的,但不會落在我們身上。

你怎麼知道?

我就是知道。

但他們依然遇上橫倒路面的樹,只得清空購物車,把家當送到樹幹對邊,再重

53 長路

路旁小溪結了冰,他倆在溪對岸的臺地上安營。河冰上,疾風吹颳煙塵;冰是黑的,小溪看似一脈玄武岩蜿蜒過樹林。他們到較不潮溼的北向坡撿拾柴火,把樹整棵推倒,拖回營地,生起火,鋪妥防雨布,溼衣服晾在立桿上冒氣、發臭;兩個人裸身裹在被單裡坐著,男人舉孩子雙腳安在自己肚皮上,給它們取暖。

深夜,他抽抽噎噎醒來,男人攬抱住他;噓,噓,沒事了。

我做噩夢了。

我知道。

要告訴你夢到什麼嗎?

你想說就說。

我有一隻企鵝,上發條以後腳會搖搖擺擺地走,手會上下拍動。我們在舊家,根本沒人幫它上發條,它就突然跑出來,真的很恐怖。

路旁小溪結了冰,他倆在溪對岸的臺地上安營。河冰上,疾風吹颳煙塵;冰是黑的,小溪看似一脈玄武岩蜿蜒過樹林。他們到較不潮溼的北向坡撿拾柴火,把樹整棵推倒,拖回營地,生起火,鋪妥防雨布,溼衣服晾在立桿上冒氣、發臭;兩個人裸身裹在被單裡坐著,男人舉孩子雙腳安在自己肚皮上,給它們取暖。

新裝填起來。孩子找到遺忘多時的玩具,決定留一輛黃卡車在手邊,一路停在包蓋推車的防雨布上面。

The Road 54

沒事了。

夢裡比我講的還恐怖。

我知道,夢真的很恐怖。

我為什麼會做恐怖的夢?

不曉得;不過都沒事了,我去添柴火,你繼續睡。

孩子先不作聲,其後又開口說:發條根本沒在動。

走出降雪區花了四天時間;然而即便在雪線之下,幾個道路迴彎處仍出現斑斑白雪;流自內陸的雪水淌得路面又黑又溼。兩人沿巨壑溝緣步出雪線,遠低處,一道河隱匿黑暗中,他倆駐足傾聽。

有列單薄漆黑的樹攀在崖沿,峽谷對岸的高石虛顯得氣勢懾人。河的聲響遠逝了,又返折回來;冷風從低地向高處吹;他們走一整天才到河邊。

他們將購物車留在停車場,徒步穿越林地。流水遞送陰沉的轟隆聲,是一簾瀑

55　長路

布翻落高突岩塊,循水霧織的灰幕下墜八十呎,掉入低地水塘。他倆嗅聞到水,也感覺到水氣寒涼;濡溼的鵝卵石鋪散河岸。他靜立著注視孩子;哇嗚!孩子發出呼聲,目不轉睛望著瀑布。

■

他蹲下舀起一把石頭嗅嗅,又劈哩啪啦放下。有像彈珠推磨得圓潤光滑,也有像菱形石條印帶紋理;烏黑圓盤石及磨光的石英塊都教河面水霧襯得閃閃發亮。孩子朝前走,蹲下捧起青黑的河水。

瀑布近乎奔落水塘正中央,接合處,水漩攪拌猶如灰白奶霜。他倆並肩站著,騰越水的嘈雜聲對彼此吶喊。

冷嗎?

冷,水好冰。

想不想下水?

The Road　56

不知道。

你一定想下水。

可以嗎？

來吧。

他脫開拉鍊，大衣落到砂礫堆上，孩子起身，兩人卸光衣物走進水裡，面色慘白，渾身哆嗦個不停。孩子單薄，心跳幾乎讓冷水封停；他把頭潛進水中，抬起來大口喘氣，轉身站定，然後拍打臂膀。

瀑布在我頂上嗎，孩子呼喊道。

不是那兒，來這邊。

他轉身游到水落處，教落水拍擊他的身體；孩子立在塘中，水深及腰，抱著肩膀一上一下地跳。男人回頭領他，扶他在水上漂，孩子劈剁著水面大聲喘氣；不錯啊，男人說，你做得不錯。

兩人抖顫著穿衣，然後爬上小徑往河川上游走，順著岩塊攀登河面窮盡處；孩子跨踏最後一層岩階的時候，他扶了孩子一把。水面在崖壁邊緣稍稍縮限，就直接

57　長路

奔落崖底水塘；眼前是完整的河面,他依傍男人的臂膀。

真的好遠喔。

滿遠的。

掉下去會死嗎?

會受傷;掉落的路程很長。

真可怕。

走入樹林,天光已漸黯淡,他倆沿河上游夾岸的平灘走,穿梭萎枯巨木之間。這是繁茂的南方林,過去藏過八角蓮、梅笠草,還有人蔘,而今杜鵑花木歪曲錯結,面目焦黑。他停下腳步,地物和煙塵裡藏著什麼東西,他屈身掃拾,看見皺縮、乾癟的一小叢,摘下一朵嗅聞氣味,然後沿邊咬一塊嚼了嚼。

是什麼啊,爸爸?

羊肚菌,是羊肚菌。

什麼是羊肚菌?

一種蘑菇。

The Road 58

可以吃嗎?

可以,你吃吃看。

好吃嗎?

吃吃看啊。

孩子聞聞那野菇,咬一口嚼了嚼,望向父親,說:這還滿好吃的。

他們拔光地上的羊肚菌,讓怪模怪樣的小草菇堆在孩子衣帽兜裡,踱回大路,找回購物車,然後到瀑布奔落的水塘邊紮營,洗淨草菇上的塵土放進鍋裡浸泡。生完火,天都黑了;他枕著樹幹切一把草菇,丟進煎鍋,與罐裝青豆裡肥滋滋的豬肉末一起安在火上燉煮。孩子看著他,說:這是個好地方哪,爸爸。

吃完小草菇混青豆,他倆喝了茶,又吃水梨罐頭當甜點。火生在岩層邊,岩層遮護著火;他把防雨布綁在身後反射火的溫熱,一方避難所裡,兩人暖烘烘坐著,他講故事給孩子聽。他憑印象講述關乎勇敢與正義的古老故事,到孩子在毯下睡著才停止;添了柴火之後,他躺平飽暖的身軀,聽落水在暗閴殘敗的林木中,持續低

59 長路

早晨他走出防雨篷，循環河小徑走向下游。孩子說得對，這是好地方，所以他要探尋其他訪客蹤影。什麼都沒找到。站著看水流拐彎奔入潭淵，在淵裡捲曲打旋，他撿一顆白石投水，白石轉瞬消失如遭水吞食。他曾像這樣臨河站立，看鱒魚在水潭深底閃現，茶色潭水裡不見魚身，除非魚為取食，騰翻側背，從黑暗深處反射日光，像岩洞裡閃爍的鋒芒。

我們不能留在這裡，他說。氣候一天冷過一天，而瀑布太具吸引力，對我們如此，對其他人也是；我們不能預知來的是誰，也聽不見他們的腳步聲，這裡太不安全。

我們可以多留一天。

不安全。

好吧，那我們在河邊另找一個據點。

我們得繼續移動，持續向南走。

沉的**轟鳴**。

The Road 60

石油公司印的公路圖已經破破爛爛，原先用膠帶黏在一起，現在一片片散開，紙片一角用蠟筆標號，方便重新組合起來。他檢閱頹爛的紙片，攤平合適標定他倆位置那幾片。

好，我去拿。

我可以看地圖嗎？

不是。

河不是向南流嗎？

我們從這邊過橋，離這裡大概八哩遠；這是河，向東流；我們循山脈東坡沿路走到這；這是我們走的路，圖上畫黑線的地方，就是州內公路。

為什麼叫州內公路？

因為以前歸州政府管；以前都說州政府。

現在沒有州政府了？

沒了。

發生什麼事？

我也不確定；這是個好問題。

但公路還在這。

對，還會在這一陣子。

一陣子是多久？

不知道，大概很久。不可能把路連根拔走，所以暫時不會有問題。

不過汽車跟卡車不會再出現了。

不會了。

好吧。

準備好了？

孩子點點頭，舉袖口擦擦鼻子後，背上小包，男人摺好地圖片，便起身，領孩子穿越樹的遮攔，回到大路邊。

橋現身於腳下視線能及之處，一輛聯結車攔腰對折，車身橫亙橋面，兩端衝入橋側彎曲的鐵柵欄。又下起雨，雨水滴滴答答輕落在防雨布上，他倆靜立，從塑膠布下燦藍的暗影中向外窺望。

我們可以繞過去嗎？孩子說。

The Road　62

我看不行,恐怕要從底下鑽過去,得把購物車清空。

橋拱下是水勢湍急的險灘,兩人在道路迴彎處便聽見急流水聲。一陣風吹落山谷,他倆緊拉住覆在身上的防雨布四角,推著購物車上了橋。穿過橋的鋼鐵結構便看見河面;急流低處,一座鐵軌橋擱在石灰岩墩柱上;伸出河面的柱體因漲潮水浸染而變色,疾風吹堆焦黑的樹枝、樹幹,阻塞了河道彎處。

聯結車在橋上停了幾年,輪胎盡洩了氣,癱軟在鋼圈底下;車體正面猛撞橋側欄杆,後方的拖車被削去了頂盤,前端衝擠牽引車駕艙背側,後端擺甩出去,不但碰彎了對側欄杆,且有幾呎車身吊懸在峽谷上空。他想推購物車鑽進拖車底,但把手卡住了進不去,必得把推車放倒了滑移過去。於是他先讓購物車披防雨布立雨中,兩人劈開腳搖擺擺走進拖車底。他放孩子蜷臥乾地上,自己踏上儲油槽,抹抹窗玻璃上的雨水探看駕駛艙,然後爬下油槽,伸手開艙門潛了進去,在身後把門帶上。他坐下環顧四周,座椅背後有床老舊的寵物睡毯,地上有紙屑,儀表板下方,置物箱開著,裡頭空無一物。他穿過椅座間隙向後爬,床板架載一塊陰溼睡

63　長路

墊，小冰箱門沒關，摺疊桌收疊著，過期雜誌散落地板。他依序檢視掛置車頂的夾板櫃，櫃裡全是空的；床板下有抽屜，他一個個拉開來，掃視抽屜裡的垃圾，然後往前爬回駕駛艙，坐進駕駛座，透過窗面上輕緩匯流的雨水，往外望向橋下的河流。雨輕擊金屬艙頂，步履舒緩的暗夜向萬物降臨。

當晚他們睡在聯結車裡；隔日清早雨停了，兩人清空購物車，把所有家當從車底運到對邊，重新裝入購物車。前方約一百呎處有輪胎燒過的痕跡，留下焦黑殘骸。他站著回望拖車；你覺得裡頭有什麼東西？他說。

不知道。

我們不是最早經過這裡的，所以大概什麼都沒了。

根本進不去。

他耳朵貼住拖車車身，手心大力拍擊車身金屬板；聽來是空的，他說，或許能從車頂爬進去，說不定早有人在頂邊挖了洞。

拿什麼挖洞？

他們總有辦法的。

The Road　64

他脫下大衣橫蓋在購物車上,踏著牽引車擋泥板登上引擎蓋,再往上爬過擋風玻璃到駕駛艙頂。他停下來,轉身俯望河谷,腳底踩著溼滑的金屬板;他低頭看看孩子,孩子帶著憂慮的神情。他回轉過身,伸手攬住拖車頂,慢慢把身體向上拉抬;他能做的就這麼多了,好在體重已減輕不少。一條腿跨上車頂邊後,他掛在那裡休息一會兒,再把自己整個抬拉上去,打了個滾坐起來。

■

車頂上有扇天窗,他蹲低身體走過去;天窗頂蓋不見了,車廂傳出受潮夾板的氣味,以及他再熟悉不過的酸味。他的後褲袋塞了本雜誌,他拿來撕下幾頁,揉成一團,取打火機點燃,丟進勤暗的車廂。隱約聽見嘶嘶唆唆的聲音。他撥去火煙,往車廂裡看,落在地上的星火似將續燃許久;他舉手遮擋小火發散的光芒,遮對了,便幾乎可見車廂底邊。一車的屍體;以各樣姿態躺臥在那裡,乾瘦、皺縮、套著腐壞的衣裳。燃燒的小紙球漸漸收束為一縷冷焰,熄滅時刻,藉白光閃出幽微的圖樣,像一朵花的形狀,一蕊消熔的玫瑰。其後又是黯黑。

65 長路

那晚他倆在山脊上的樹林紮營，俯瞰袤廣的山區平原一路向南延展。依著岩塊，他生起炊火，兩人煮食最後一把羊肚菌和一盅菠菜罐頭。夜裡，風暴在山麓上空爆發，劈哩啪啦、嗡嗡隆隆的聲響開始對地面轟炸，裸禿蒼灰的大地，乘雷電夾帶的隱匿火光，在暗夜中忽隱忽現。孩子緊倚著他；待一切過去，冰雹先造一陣短暫喧鬧，才有遲滯陰冷的雨。

他再轉醒時，天色依舊陰黑，然雨勢已停，谷底冒出茫茫的火光。他起身沿山脊走，乍見一片火霧蔓延數哩遠；他蹲下來細看，能夠嗅聞到煙味，於是沾溼指頭正對向風。他立身往回走，防雨篷裡透出燈火，是孩子醒了；漆黑中，雨篷透藍單薄的形體看似浮世邊緣終極冒險的指定地。無可理喻；就讓它無可理喻吧。

隔天，他倆整日走在飄流的火塵霧裡；窪地中，塵煙落地如靄氣，纖瘦焦黑的林木，在坡地上焚燒如異教禱燭。向晚，兩人途經烈火燒灼過的道路，碎石地猶溫熱著，略往前走則漸鬆軟如土，石縫間，熱黑軟膠吸吻兩人的鞋，一跨步便在腳下延展成薄細的條帶。他們停下腳步；得等一等，他說。

兩人回頭到大路上紮營。隔日清晨再上路，碎石地已冷卻下來，但附近又有幾條燒熔成瀝青漿的小徑候地現身。他蹲下審視路面；夜裡有人奔出樹林在燒熔的道路上行走。

不知道；又會有誰呢？

會是誰呢，孩子說。

他們見那人步履蹣跚走在前面，微微拖拉著一條腿，三不五時停下腳步，駝著背，神情茫然地站著，直到重新邁步上路。

怎麼辦，爸爸？

沒事；我們跟著他走，觀察一下。

先瞧一瞧，孩子說。

對，瞧一瞧。

他倆跟著那人走上好一段,但依那人的腳程,一整天都要浪費掉了;;最後,那人在路上坐下,沒再爬起來。孩子緊抓著父親的外衣,兩人不發一語。那人灼傷的程度一如廣漠大地,衣物燒得又焦又黑,一隻眼睛傷到睜不開,髮絲如煙灰製的假髮,沾滿了蝨卵覆在頭殼上。父子倆經過時,那人低下頭,像做錯了什麼;他的鞋上繞著鐵絲,裹一層瀝青,他坐著一聲不吭,纏包破布的身軀委曲向前。孩子不住回頭看,輕聲問:爸爸,他怎麼了?

他被雷電擊中了。

我們能幫幫他嗎?爸爸?

不行,我們幫不了他。

孩子不停扯拉他的外套:爸爸。

別再說了。

我們不能幫幫他嗎?

不行,我們幫不了他;沒什麼可為他做的了。

兩人繼續前行,孩子沿路哭泣;;他不住回頭看。走到山腳,男人止步看著孩

子，又回望身後的道路：灼傷那人翻倒在路上，由這距離看去，根本辨識不出倒地的是什麼東西。很遺憾，但我們沒辦法給他什麼，沒辦法幫他，我很同情他的遭遇，但我倆愛莫能助，你懂，對嗎？孩子俯首站著，點了點頭。此後兩人持續向前走，他再也沒回頭。

入夜，大火發散幽晦且青黃的光；路邊溝裡，滯靜的死水因填塞廢料而發黑；山麓隱沒不現。兩人循水泥橋過河，水裡，團團煙灰混泥漿慢騰騰流淌，挾著成炭的木塊。他們終究止住步伐，轉身回橋下紮營。

他一直帶著皮夾，帶到皮夾尖角將褲袋磨出一個洞。一天，他坐在路邊，掏出皮夾檢視裡頭的東西：一點錢，幾張信用卡，駕照，妻子的相片。他像賭撲克牌一般，把東西全攤在路面，因汗溼而發黑的皮件扔進樹林，然後坐下來抓著相片，最後，同樣留在路邊，起身，兩人繼續行走。

69　長路

早晨,他仰躺著,看燕子在橋底一角用土灰築的巢,然後望向孩子,但孩子別過身去,靜臥著注視流水。

孩子不語。

我們什麼也不能做。

我知道。

他就要死了,我們不能分東西給他,要不我們也會死。

那你什麼時候才願開口跟我說話?

我在跟你說話啊。

是嗎?

是。

好吧。

好。

那些人在河對岸喊他;衣衫襤褸的神祇披掛著破布,無精打采散列在荒原上。

饒富礦質的海水蒸乾了,他跋涉枯涸的海底,地表龜裂破碎猶如瓷盤落地。聚結的

The Road 70

沙土上，野火蔓燒成徑；遠方有人影隱匿。他醒過來，仰躺在暗夜裡。

時鐘都停在凌晨一點十七分；一道光焰畫破天際，其後是一串輕微的震盪。他從床上起來，走到窗邊；怎麼回事，她說。他沒回應，走進浴室扭開燈，但電力已停，窗玻璃映著玫瑰色微光。他單膝跪地，闔閉浴缸出水口活塞，將缸上兩個水龍頭都扭轉到底。她穿睡衣站在門邊，一隻手抓門框，一隻手支撐肚皮，問道：怎麼了？發生什麼事？

我不知道。

你為什麼要泡澡？

不是要泡澡。

最初幾年，有一回他在荒涼樹林中轉醒，躺著聽結隊候鳥乘刺骨的黑夜臨空飛越；曲折隊形半靜默懸在數哩外的高空，環繞地球飛翔的舉動，盲目一如昆蟲成群蠕動爬行於碗口。飛鳥遠去前，他祝福牠們一路順風；在那之後，他再沒聽過同樣的聲響。

71　長路

他有副紙牌，在某幢屋裡，一層五斗櫃抽屜翻找出來的；牌面傷損了，牌身捲曲不平整，梅花牌也少了兩張，但偶爾一次，他倆會裹著毯子，就火光玩上幾局。他試圖回想兒時的牌戲規則，老處女配對牌，某種形式的惠斯特橋牌；他曉得自己記的牌法多半是錯，於是編造新的牌戲，賦予新的稱謂，比方變態指示棒、小貓亂吐。有時，孩子問起過往，那個於他連回憶也談不上的世界；他費勁思索該如何回應。並無過往。你想知道什麼呢？而他不再謊編故事了，那話語亦不真確，真要訴說卻引他心志受苦。孩子有自己的想像：南方生活將是怎樣，有別的孩子一塊玩耍；他試著朝同一方向想，但心不受約束──會有誰家孩子呢？

沒有待辦事項，每個日子都聽從自己的旨意；時間，時間裡沒有後來，現在就是後來。人們留存心上的恩寵、美善，俱源出痛楚；萬事生降於哀戚，與死灰。那麼，他輕聲對熟睡的孩子說，我還有你。

他想起留在路邊的相片，覺得自己應該設法留她與兩人共同生活，可他不知該怎麼做。夜裡咳醒，他怕吵醒孩子，所以走出篷外，暗黑中循一道石牆移動，身外

The Road　72

裹著毛毯,跪倒煙塵的姿態彷若悔罪之人。咳到嘴裡嘗出血味,他放聲說出她的名字;他想,睡夢中他可能也說過幾次。走回營地,孩子醒了;對不起,他說。

沒關係。

睡吧。

但願我在媽媽身邊。

他不回話,在孩子包被單和毛毯的小巧身軀邊坐下;過了一會兒,他說:意思是,你希望自己死。

對。

不許說這種話。

可是我真的這麼想。

還是不能說;說了不好。

我沒辦法。

我懂,但你得忍著。

怎麼忍?

我不知道。

我們活過來了;隔著燈焰,他對她說。

活過來了?她說。

對。

天,你胡說什麼?我們不是倖存者,是恐怖片裡大搖大擺的殭屍。

我求求妳。

我不管,你再哭我也不管了,這一切對我毫無意義。

拜託。

別說了。

算我求妳;我什麼都答應妳。

答應什麼?我早該動手的,膛裡還有三顆子彈的時候就該動手,現在只剩兩顆了,我真蠢。這一路我們一起走過,我一步步被帶到這裡,這不是我自己的選擇。

我受夠了,甚至想過不要告訴你,說不定不說最好。你有兩發子彈又怎樣?你保不了我們,你說你願為我倆送死,但那有什麼好處?若不是為你,我會把他一塊帶走,你曉得我說得出就做得到,那才是正確的抉擇。

瘋言瘋語。

不,我說的全是事實。那幫人遲早會趕上來殺了我們;他們會強暴我,強暴他,先姦後殺,然後拿我們飽餐一頓,是你不肯面對現實。你寧願等事情發生再說,但我不行,我做不到。她坐著,抽吸細瘦乾葡萄藤,猶如享用稀貴的平口雪茄,一手托著菸,姿態略顯優雅,一手環抱膝頭,雙腳提近胸口。她隔著燈焰看他:過去我們談論死亡,如今卻一句不提,為什麼?

不知道。

因為死亡已經降臨,所以沒什麼好說了。

我絕不會丟下妳。

我不在乎,對我沒有意義。只要你高興,就當我是偷人的婊子,當我跟了別人,他能給我你給不起的東西。

死神不像情夫。

像,死神就是情夫。

別這樣。

很抱歉。

我一個人撐不下去。

75 長路

那別撐了，我幫不了你。都說女人會夢見自己照護的人涉險；男人則夢見自己涉險；而我什麼夢都不做。你說你撐不下去？那別撐了；我受不了自己一心出軌已經很久。你說你要選邊站，但根本沒邊可選。我的心早在他出生當晚就被剝除了，所以別向我乞憐，我沒有哀戚之心。說不定你能過得好，我不太相信，但天知道未來會發生什麼事情。有件事我能確定，你不可能只為自己好好活下去；我早知你是如此，要不我根本不會陪你走到這裡。一個人要是沒人做伴，就該給自己湊一隻大抵過得去的鬼，在呼吸裡融入它，說愛的甜言蜜語哄騙它，用虛幻的糕餅屑餵養它，危難時刻拿自己的軀體遮擋、環護它。而我，我只冀求恆長的虛空，全心全意地冀求。

他一語未發。

你無理可說了，因為根本沒有道理可言。

要跟他告別嗎？

不要，我不要。

明早再說，算我求妳。

我現在就走。

她已經起身。

看老天的面子,小姐;妳要我怎麼跟他說?

我幫不了你。

妳要上哪去?外面什麼都看不見。

我什麼都不需要看見。

他也起身;我求求妳,他說。

不用了,我不會聽你的;我做不到。

她走了,遺下的淡漠是最後的贈禮。只要有片黑曜岩她就能做到,他親手教的;岩片鋒利如鐵,邊緣薄若微物。她是對的,他已無理可說;而過去數百個夜,他倆曾正襟危坐,論辯自我毀滅究竟利弊如何,激昂似拴鏈在精神病院的瘋狂哲人。清早,孩子一句話也沒有;打包完畢、預備上路時候,他回看營地說,她走了對不對?而他回答,對,她走了。

■

永遠從容不迫,再詭譎的事物降臨也不感到吃驚,他是完美進化以達自我實現的物種。他倆落坐窗前,穿著睡袍,就燭光共進午夜晚餐,同時遠眺市街大火。幾天後她在床上生產,照明燈由乾電池啟動。洗碗用手套;不可思議探露的小圓頭頂,條條落著血跡與削直的黑髮;腥臭的胎糞。她的哭喊,他無動於衷。窗外涼氣聚蓄,大火沿地平線蔓燒。他高舉細瘦泛紅的小身體,後者樣態原始且赤裸;他拿廚用剪刀斷了臍帶,用毛巾把兒子纏裹起來。

你有朋友嗎?
有,我有。
很多嗎?
很多。
你記得他們嗎?
記得,我記得。
他們怎麼了?
死了。

The Road 78

全死了?

對,全死了。

你會想念他們嗎?

會啊,我會。

我們往哪走?

我們往南走。

好。

他倆整日踱在綿長、焦黑大路上,僅午后歇腳,由所剩無多的存糧中,節制地揀東西吃。孩子從背包取出玩具卡車,撿小棍在煙塵地上勾出路形,緩緩驅車上路,口裡造著車聲。天幾乎是暖的,兩人睡躺在落葉上,背包墊在頭下。

他驚醒,轉身側躺著細聽,然後慢慢抬起頭,槍握在手裡。他低頭看孩子,再回看大路,一幫人形影已闖入視線;我的天,他輕聲說。他伸手搖醒孩子,同時緊盯路面;那夥人拖腳在煙塵裡走,頂上覆著帽兜,來回左右巡看,其中幾個戴防毒

79 長路

面具，一個穿抗菌衣，全身又髒又黑，他們晃蕩著，手裡拄的杖是截段的水管，沿路乾咳；他聽見來人身後的大路傳來聲響，像柴油貨車的聲音。快，他壓低嗓子，快點。他把槍塞掛腰間，拽起孩子的手，拖購物車穿越森林，放倒在不顯眼的地點。孩子嚇得動彈不得，他把孩子拉到自己身邊：沒事，他說，得跑一段，不要回頭看，快來。

他把背包甩在肩上，兩人在斷碎的蕨葉叢中狂奔，孩子嚇壞了。快跑，他低聲說，快點跑。他回頭看，貨車隆隆駛入眼簾，幾個男人站在拖板上向外望。孩子摔跤，他拉起來；沒關係，他說，快走。

林木間他看到森林中有條截線，以為是水道或穿林小徑，結果兩人穿踏蔓草跑上一條老舊的車道，煙塵堆間暴現一塊塊斷裂的碎石鋪面。他把孩子拉倒，兩個人伏在車道邊坡下豎耳細聽，大口喘著氣。他們聽柴油引擎在路上走，天曉得它靠什麼運轉；他提身張望，恰見貨車頂沿路滑移，幾個男人站在圍鐵桿的拖板上，其中有人托著來福槍。貨車開過，濃黑的柴油煙旋入樹林；馬達聲挺有力，像迷了路悠

The Road　80

晃著，之後戛然停止。

他沉下身子，手安在頭頂上；天啊，他說。他們聽大車咯咯作聲、噗噗震動，到停止運轉；其後僅剩一片寂靜。他握著槍，卻不記得曾從腰間掏槍。他們那幫人說話，然後鬆開車門閂，拉起車頂篷；他一手環抱孩子坐著，噓，他說，噓。過了一會兒，又聽見卡車重新上路，遲緩挪動如船，發出嗚隆隆、吱吱咯咯的聲音。除卻推車，一幫人想不出其他發動貨車的方法，但在斜坡上，也推不出足供發動的車速；幾分鐘過去，大車噗噗作響、震動搖晃，再度停了下來。他再抬頭看，二十餘呎外，一人拆著褲帶穿踏雜草走來；兩人嚇僵了。

他後扳機，舉槍正對那人，那人一手露在身體側邊，汗黑皺爛的口罩隨呼吸一縮一鼓。

繼續走。

那人望向大路。

不准回頭，看著我；敢叫，你就死定了。

那人走上前,一手托著褲帶;腰帶紮孔標記他消瘦的進度,帶皮邊側光滑,因他習慣拿刀身在上頭摩擦。他下邊坡走到老車道上,看看槍,看看孩子,眼眶圍一圈塵垢,眼球深陷其中,像腦殼下藏了隻野獸,正穿透眼洞向外張望;山羊鬍底端剪平,頸部有鳥形刺青,替他紋身的人應對禽鳥外形沒有概念。他的身體精瘦、結實但佝僂,穿一條藏青色骯髒的連身工作褲,黑底鴨舌帽正面繡著某消亡企業的商標。

你要去哪?
我去拉屎。
你們開貨車去哪?
不知道。
不知道是什麼意思?口罩脫掉。
他把口罩拉過頭頂脫下,抓在手裡站著。
意思就是我不知道。
你不知道你們要去哪?
不知道。

The Road 82

貨車靠什麼發動?

柴油。

你們有多少?

拖板上有三個五十五加侖的大圓桶。

槍裡有子彈嗎?

他回看大路。

叫你不要回頭。

有,有子彈。

哪裡來的?

撿到的。

胡扯。你們吃什麼?

找到什麼吃什麼。

找到什麼吃什麼。

對。他看看孩子;你不會開槍,他說。

那是你的看法。

槍裡不會超過兩發子彈,搞不好只有一發,他們一定會聽到槍聲。

沒錯,但你聽不到。

怎麼說?

子彈速度比音波快,你來不及聽到槍聲,腦袋就開花了;想聽槍聲你得有腦前葉、神經丘、顳回之類的東西,但那時你什麼都沒了,全化成漿了。

你是醫生?

我什麼都不是。

我們有個人受傷了,可以勞煩你看一下。

我看來很笨是不是?

我不清楚你看來怎樣。

你看他做什麼?

我愛看什麼就看什麼。

不行。你再看他一眼我就開槍。

孩子雙手抱著頭頂坐,從雙臂之間的空隙注視這一切。

孩子一定餓了,要不你們跟我到車上,吃點東西?何必搞得這麼嚴重。

The Road 84

你們根本沒東西吃。跟我走。

去哪?

跟我走。

我哪都不去。

不去?

對,我不去。

你要是以為我不會殺你,那你就錯了。但我寧可拖你走個一哩路就放過你,我倆只要有個好的開始就夠;屆時你找不到我們,連我們走哪條路都不知道。

你怎麼想?

我想你是個孬種。

他放掉手中褲帶,腰帶連同上掛的配備一併跌落路面;軍用水壺,古舊軍用帆布袋,皮製刀鞘。他再抬頭,那惡棍手持尖刀,才走兩步,幾乎擋在他跟孩子中間。

你這是想幹麼?

他沒回話。那人體型高大卻身手矯健,一撲身攫住孩子在地上打個滾,再站起來,孩子抵在胸口,刀架在孩子喉頭;男人臥倒隨他翻滾一圈,兩手握槍平架起上,從六呎外瞄準射擊,那人隨即後仰倒地,鮮血自額前彈孔汩汩冒出,孩子躺在他膝邊,木然毫無表情可言。他把槍塞回腰間,背包甩在肩上,抱起孩子掉轉面向,將他高舉過頭安上肩膀,開始沿老車道死命奔跑;他抓孩子膝蓋,孩子緊抓他額頭,披戴血汗,靜若木石。

林木間,兩人碰上一座老舊鐵橋,橋下,道路盡處與溪流盡處相交;他開始咳,卻因換不過氣而咳不出聲。他衝下車道轉入樹林,回過身立定喘息,嘗試聆聽動靜,但聽不到一點聲音。他苦撐著多跑半哩,終於跪倒,在煙塵落葉間卸下孩子,抹開他臉上的血汗,攬抱住他;沒事了,他說,我們沒事了。

黯黑降臨,他在綿長陰冷的夜聽聞過那幫人一次,於是把孩子拉近;喉頭咳意良久不去,外衣下,孩子身體如此脆弱單薄,像小狗一樣渾身顫抖。敗葉間腳步停歇,又重開步向前;那幫人既不交談也不彼此叫喚,更顯出心機險惡。最末一抹夜

色來襲,利如鋼鐵的寒氣扣降大地,孩子開始劇烈顫動。黯夜無月,他倆亦無處可去。背包裡僅有一條毛毯,他取出來覆在孩子身上,拉開大衣,擁孩子傍住自己。躺臥許久,兩人都凍僵了,最後,他坐起來;我們得動一動,他說,不能就這麼躺著。他四下張望,卻無物可觀;他向暗夜發聲,夜無深度、失卻空間感。

兩人在樹林裡跟跟蹌蹌,他一路握著孩子的手,另一手舉在身前探摸;完全閉上雙眼,視線也不會更糟。孩子身上裹毛毯,男人叮囑他不可落掉,掉了便找不回來。孩子要他抱,他教孩子保持移動狀態。一整夜在林間步伐歪斜同時撞撞跌跌,未及天亮,孩子摔了一跤,不肯再爬起來;他把孩子包在自己外套裡,用毛毯裹緊,坐下摟住,一前一後地搖晃。只剩一發子彈;你就是不肯面對現實,你就是不肯。

到白日勉強派出一絲光亮,他在林葉間將孩子放倒,端坐著審視林木;再明亮些,他起身向外走,在露天樓所外圍繞切一周,欲探察動靜,卻一無所獲,除卻兩人在煙塵裡落下些微蹤跡。他回頭接孩子;該走了,他說。孩子垂著頭坐,神色木

87　長路

然,髮間的穢物已凝乾,頰上的汗痕條條抹抹。跟我說說話,他說;但孩子不肯。

他倆穿越並立枯木向東走,經過一幢老舊木架房屋,一條泥巴路,一小塊空地,可能曾是蔬果農場。他不時止步細聽;隱匿的日光並不投製暗影。不期然走到大路邊,他伸手攔住孩子,兩人像瘸病患蜷在路旁水溝裡豎起耳朵聽;路上無風,一片死寂。一會兒之後,他起身走到路上,回過頭看孩子;來吧,他說。孩子上前,他指著塵土上的轍跡,證明貨車已經離去;孩子立在毛毯裡,低頭靜看路面。

他不知那幫人怎麼開動貨車,也不知他們會隱身埋伏多久。背袋下肩,他坐下打開行囊;得吃點東西,他說,你餓嗎?

孩子搖頭。

不餓,想必不餓。他拿出瓶裝水,扭開瓶蓋遞出去,孩子伸手接下,先站著喝,其後放下瓶身呼口氣,盤腿坐在路上又喝幾口,才把水瓶遞回去;男人啜飲之後把瓶蓋蓋上,回身往囊袋裡翻找。兩人共享一盅白豆罐頭,一來一回輪著吃,吃

The Road 88

完,他把空罐扔進樹林,重新上路。

　　■

　　搭貨車那夥人在路上紮了營,生一團火;炭黑木塊混煙灰、白骨,卡進焦融的柏油路。他蹲下,手伸在柏油路上方,路面輕散微溫;他起身望向大路,帶孩子走回樹林。

　　在這等,我不會走遠,你叫我我聽得見。
　　帶我去,孩子說,表情像要大哭一場。
　　不行,你在這等。
　　拜託你,爸爸。
　　別說了,你要聽話;槍拿著。
　　我不要拿槍。
　　我沒問你要不要拿槍。快拿去。

他沿林地走回稍早安置購物車的地點，購物車還在，卻遭洗劫一空。殘餘的東西散落林葉間，包括孩子的書和玩具，他的舊鞋和破衣裳。他扶起購物車，把孩子的東西放進去，先推到大路上，再轉身回來。現場空無一物，敗葉中，凝乾的血色相暗沉，孩子的背包已不見蹤影。再回來，他看見成堆的白骨硬皮疊落一處，壓在石頭堆底下；一攤內臟。他拿鞋尖推散骨堆，看來白骨烹煮過，衣物已一件不剩。暗夜又再降臨，天候已經轉冷，他回頭走到孩子停駐的地方，跪下將孩子手臂繞在自己身上，緊緊擁抱他。

兩人在林木間穿行，將購物車一路推到老車道邊丟棄，然後順著大路，急急乘夜色南奔。太累了，孩子左搖右擺，男人把他抱起來，掛在肩上繼續前進。趕到橋邊天已全黑，他把孩子放下，父子倆摸黑走下堤防。上橋前他拿出打火機，點燃，藉搖曳火光掃視地面，地上是溪水沖積的泥沙和石礫。放下背包，收起打火機，他抱抱孩子肩膀；漆黑中，僅能勉強辨識他的模樣。你在這裡等，我去找燃木，我們得生把火。

我怕。

The Road　90

我知道;我就在附近,聽得見你的聲音,害怕就叫我,我馬上回來。

我愈早去,愈早回來,到時把火生起來你就不怕了。不許躺下,你一躺下就會睡著,要我喊你,你不回話,我就找不到你了,懂嗎?

孩子悶不回答,他差點發了脾氣,後來察覺孩子在黑暗裡搖頭;好啦,他說,沒關係。

他爬上河堤,走進森林,雙手在身前摸索。到處都有柴薪可撿,斷枝殘幹四散地面,他拖畫著腳把枝幹踢聚成堆,湊到一個臂把的量,才彎腰撿拾,然後呼叫孩子;孩子答腔,繼續發話引他回到橋邊。他倆坐在黑暗中,他用刀將大木條削塊堆高,折斷小樹枝,從口袋摸出打火機,拇指擊扣點火輪,打火機裡的瓦斯燒出微弱的青藍光焰;他彎身引燃火種,看火星順樹枝堆向上竄燒,於是堆加更多柴火,彎腰向小火底處輕輕吹呼,徒手整頓柴薪來引導火勢。

91 長路

他又往樹林跑了兩趟,將成把木柴、樹枝拖到橋邊,推擋在一旁。特定距離內,他看得見火光,但從對側大路應該看不見他們。他看出橋下是灘靜黑死水,夾在石頭堆中間,灘緣結冰圈成歪斜的面。他兀立橋面,塞堆最後一疊柴火,火光中,呼氣化為白煙。

他盤坐沙堆點數背包內容物:望遠鏡,半品脫罐裝汽油幾近全滿,瓶裝水,一把鐵鉗,兩根湯匙。他把東西全擺出來排成一列,有五瓶小罐頭。他選一罐醃腸、一罐玉米,拿小型軍用開罐器打開放在火邊,兩人坐著看罐面標籤熏黑、捲曲。玉米一冒氣,他拿鐵鉗把兩瓶罐頭夾開,父子倆握湯匙橫在罐上慢慢吃,孩子已不住點頭瞌睡。

吃飽了,他帶孩子到橋下的碎石灘,撿木棒推開岸邊薄冰,跪低身子清洗孩子頭臉。水太冷,孩子哭叫起來;他倆沿灘尋找清水,幫孩子把頭重洗一遍,他想盡可能洗得仔細,最後因為水凍得孩子嗚嗚咽咽而停手。沐著火光,他跪在地上拿毛毯把孩子抹乾,橋基的影子碎投在對岸,滿布樹樁的岩壁。我的孩子,他說,他髮

間的腦漿，我為他洗淨，這是我該做的事。他把孩子包在毯裡抱到火邊。

孩子坐著左搖右晃，男人看住他，怕他倒在火裡。他在沙中踢兩個洞讓孩子睡下，一個撐托肩膀，一個撐托臀部，然後坐下摟住孩子，迎火翻撥、烘烤孩子髮絲，像古老的膏油禮[2]。就這樣吧，召喚規矩與形式；一無所有時，平空構造儀典，然後倚靠它生活下去。

寒夜裡轉醒，他起身多劈些柴火。炭火間，細瘦樹枝燒出熾熱的橘紅色。他把火吹燃，鋪上柴火，交疊雙腿坐下，背靠著石砌的橋墩。厚重石灰岩堆疊一起，並無灰泥黏合；頂上鐵製橋身鏽成棕色，有搥實的鉚釘、枕木、十字形基底。他席坐的沙土觸感溫熱，然火堆另側，寒夜鋒利如刀。他起身將新柴拖入橋下，其後立定傾聽；孩子文風不動。他在孩子身邊坐下，撫撥孩子淺淡、糾結的髮；金色聖杯，合宜神居，請別向我透露故事的終局。再望向橋外黑夜，天開始降雪。

---

2 在人體塗抹油膏的宗教儀式。以膏油象徵神力，可驅除疾病或邪靈。

93　長路

他倆既有的柴火全是短細樹枝，營火頂多再燒一小時，或稍久一些。他把其餘木柴拖進橋底劈斷，踏在枝幹上把枝條折成一段一段，以為會吵醒孩子，卻沒有。潮溼的枝條在火裡窸窣作響，雪持續落降；明早可以檢視路上有無人跡。一年多來，這是他第一次同孩子以外的人交談。總算來了同伴；心機卑劣盡藏冰冷、閃爍的雙眼；齒列糊灰、敗爛、沾覆人身血肉；在他們眼裡，塵世萬物皆是謊言。再轉醒風雪已停，橋外裸禿的林地在曚曨晨色中現形，映著白雪，林木益顯焦黑。他屈身躺著，兩手夾在膝間，而後挺坐起來撥燃營火，餘燼中放一瓶甜菜罐頭；孩子蜷躺在地上看他。

樹林裡聚著一落落新雪，有的攀在枝上，有的包在葉裡，全混了煙塵化作泥灰色。父子倆步行到暫停購物車的地方；他把背包放進車裡，把車推到路上；路上並無人跡。透澈的寂靜中，兩人駐足諦聽，而後出發，沿途踏著澀灰的融雪；孩子手插口袋走在他身邊。

一整天步履艱難，孩子靜默無語。午后積雪融盡，雪水沿路流洩；才入夜路面

已乾。他倆絲毫不停歇；走了多少哩路？約莫十哩，或十二哩。以前，他們在路上玩滾鐵環，用的是五金行找來的四個不鏽鋼大墊圈，如今墊圈已隨其他家當消失不見。當晚兩人在谷底紮營，貼附一堵小岩壁生火，吃光最後一瓶罐頭。他特意把這瓶留到最後，因它是孩子最喜歡的口味，豬肉混青豆。父子倆看罐裝料理在炭火間緩緩冒泡，他取鐵鉗把罐頭夾出來，兩人吃著，不發一言。他拿水輕沖鐵罐，沖得的清湯再給孩子喝，便真的什麼也不剩了。我早該細心一點，他說。

孩子沉默不答。

你得開口跟我說話。

好。

你老想知道壞人長什麼樣子，現在知道了。這種事以後還可能發生。照顧你是我的責任，是上帝派給我的工作，誰敢碰你，我就殺了他，這樣你懂嗎？懂。

他頭頂覆毛毯坐著，過了一會兒抬起頭；我們還是好人嗎？他說。

是啊，我們還是好人。

我們永遠是好人。

95　長路

對,永遠是好人。

好。

清早,兩人走出河谷回到大路。稍早,他在路邊撿一塊竹料,為孩子刻了一管直笛;他從外衣取出笛子交給孩子,孩子靜靜收下。過了一會兒,孩子落到他身後,再過一會兒,便聽見吹笛聲。亂無章法的樂聲為來日譜作;又或成就世間最後一絲樂音,自寰宇廢墟中,頹散的煙塵裡吹奏。男人回頭看望孩子,孩子專注在自己的世界裡;在他眼中,孩子像挨鄉挨村宣告流浪戲班到訪的傳報童,形貌哀傷孤僻、矮小醜怪,全然無知身後整個戲班全給野狼奪去了生命。

山脊巔上,他交疊雙腿席坐落葉堆,舉望遠鏡掃視腳下溪谷。景物凝靜如畫,依序鋪洩溪流形體、一座磨坊深色磚砌、石板屋頂,老舊木水塔以鐵圈箍緊。杳無煙跡,亦無生息動靜。他放下鏡筒,坐著以肉眼觀望。

看見什麼了?孩子說。

沒有。

他遞出望遠鏡；孩子把背帶掛頸上，鏡筒舉到眼前，調動聚焦輪。四周一切皆盡凝止。

我看到煙，他說。

哪裡？

建築物後面。

什麼建築物？

孩子把鏡筒交回去，他重調焦距。極致淡薄的煙跡。有，他說，我看見了。

怎麼辦，爸爸？

我覺得我們應該繞過去看看；只是要小心。如果是公社，他們會設柵欄；也可能只是路上的難民。

跟我們一樣。

對，跟我們一樣。

如果是壞人怎麼辦？

得冒點險；我們要找東西吃。

推車留在樹林裡，兩人跨越鐵道，滑下滿布枯黑樹藤的陡峭邊坡；他手裡握著槍。跟緊，他說，孩子照做。他倆過街的動作像除雷小組，一次穿越一個街區。空氣裡隱隱散著燃煙味。兩人在一棟百貨店裡暫停，察看市街動靜，但街上毫無動靜。兩人在垃圾和瓦礫堆間行走；櫥櫃抽屜全被拖拉出來散在地上，四處是紙屑和腫脹變形的紙箱。父子倆什麼也沒找到。店鋪幾年前便遭洗劫一空，多數窗戶根本沒了玻璃，店裡暗得什麼也看不見。他倆爬手扶梯上樓，條條稜紋蓋覆鋼製階面；孩子緊握他的手。衣架上吊著幾套西裝；他們想找鞋子但沒找著。廢物堆裡跌跌撞撞，連一件有用的東西也沒看到。再回頭，他從衣架上退出幾件西裝外套，隨手抖抖，掛在臂膀上。走吧，他說。

他相信自己必定看漏了什麼，但什麼也沒有。食品賣場的過道上，他倆一路踢著垃圾走；古舊包裝材，紙料，陳年灰垢。他逛遍貨架尋找維他命；打開可供人進出的大型冷藏庫，腐屍的酸臭氣自黑暗中傾洩而出，他隨即將門帶上。父子倆佇立

The Road 98

街頭,他注視灰濛濛的天空,兩人一呼氣便化成薄霧。孩子累了,男人牽起他的手;多逛一下,他說,我們得繼續找。

小城邊界那幾棟房子也沒能多給他們什麼。他倆走屋後階梯進廚房,開始翻箱倒櫃;櫃門全敞開的。有罐發粉,他站在那兒盯著看。進飯廳,他們檢查碗櫃每一層抽屜;客廳裡,捆捆剝落壁紙攤鋪在地上,像古代卷宗。他留孩子抱西裝外套坐在樓梯上,自己走上樓。

一切都帶著潮溼、腐敗的氣味。樓上第一個房間躺一具枯槁的屍體,裹屍布拉到頸邊,腐化未盡的髮絲散在枕上。他扣抓著毛毯下緣將毯子扯下床,抖了抖夾抱在臂下,然後一一檢視五斗櫃、壁櫥,然而除卻一套夏裝穿在鐵絲架上,房裡空無一物。走下樓,天要黑了,他牽起孩子的手,兩人穿過前門重回市街。

走上山頂之後,他轉身審視背後的小城。黑夜疾速降臨,四周晦暗且冰冷。他在孩子肩上披兩件西裝外套,外衣全遮掩過去。

爸,我真的好餓。

我知道。

還找得到我們的東西嗎?

找得到,我知道在哪裡。

被別人找到怎麼辦?

別人找不到。

但願別人真的找不到。

不會的;走吧。

什麼聲音?

我沒聽見。

我沒聽見什麼聲音。

側耳細聽,遠處傳來狗叫聲。他回身望向漸趨昏暗的小城;是狗,他說。

狗?

對。

哪裡來的狗?

不知道。

我們不會殺死牠吧，爸爸？

不會，我們不殺牠。

他低頭看孩子，孩子在外套裡直打哆嗦。他彎身親吻孩子堅定的眉頭；我們不殺狗，他說，我保證。

我不知道。

兩人睡進停在高架橋底的汽車，全身堆滿西裝外套與毛毯。暗闃的夜，建物窗格不時閃出些微火光。高樓盡屬黑暗，藉高樓藏身不但得提水上樓，也容易暴露行蹤；而那些人能吃什麼？天曉得。他倆裹著外套探看窗外；那些人是誰啊，爸爸？

■

夜裡醒了，他躺著聽窗外的聲音，全然記不得自己身在何處，於是笑起來；我們在哪兒呢？他說。

長路

爸，怎麼了？

沒事，沒什麼事；你睡吧。

爸，我們會否極泰來對嗎？

是啊，會否極泰來。

壞事不會落在我們頭上。

沒錯。

因為我們要把火傳下去。

對，我們要把火傳下去。

清晨冷雨大落；雨水在橋外路面狂舞，甚至灑入橋下，潑滿了車身。兩人坐在車裡，對著玻璃窗上的雨漬向外望。待雨勢趨緩，一天最精華的時段也過去；他們把外套、毛毯留在後座地板上，順大路回頭多搜幾間屋子。溼潤的空氣仍夾著燃煙，但沒再聽見狗吠。

父子倆找到幾樣廚具，幾件衣服，一條汗衫，可充作防雨布的塑料。他確信有

The Road　102

人正監看他倆一舉一動,但他誰也看不見。他們在儲物間找到玉米粉,盛裝的麻袋許久前被老鼠咬過。他把粉末撒在紗窗一角過篩,撿出一把乾粉塊到屋前的水泥廊道生火,捏了玉米糕放在鐵皮上煮;兩人一塊接一塊慢慢吃,剩下的他用紙包起來,放進背包。

孩子坐在臺階上,忽見對街屋後有東西閃過;一張臉正對著他,是個男孩,跟他差不多大,身上裹著尺寸過大的羊毛外套,袖子甩在後邊。他站起來,過街衝上車道,那人已消失不見;他望向房子,踏上枯壞的草皮向院底跑,一直跑到凝滯汙黑的溪邊。你回來啊,他喊,我不會傷你。他杵在原地放聲吶喊,爸爸狂奔過街拉住他手臂。

你幹麼,他發出噓聲示意孩子安靜,你做什麼?

有個小男孩,爸爸;我看到一個小孩。

沒有什麼小孩;你這是做什麼?

有,我看到了。

我叫你坐著別動,我是不是叫你不要亂動?好了,我們要走了,走吧。

103　長路

我想看看他，爸爸；我只是想看看他。

男人抓著孩子手臂，穿過庭院往回走；孩子還不住地哭、不住回頭望。走吧，男人說，我們要走了。

我想看看他，爸爸。

根本沒人可看。你想死嗎？真的想死在這裡嗎？

我不管，孩子說，抽抽噎噎，我才不在乎。

於是男人止步。他停下腳步，蹲下來抱住孩子；對不起，但你不能這麼講，我不許你再這樣說。

他倆沿溼漉漉的大街踱回高架橋，到車裡收起外套、毯子，繼續走向先前爬過的鐵道邊坡，穿越鐵軌回到樹林，取了推車便朝高速路方向走。要是沒人照顧那個小孩怎麼辦，要是他沒爸爸怎麼辦？

那附近有人在，只是躲起來了。

他把購物車推上大路便停下腳步。濡溼的煙塵裡有貨車走過的痕跡。車跡不甚明顯，且雨水沖過，但它確實在那裡；他覺得好像還能聞到那幫人。孩子揪揪他的

The Road　104

外衣;爸,他說。

什麼?

我擔心那個男孩子。

我知道;他不會有事。

我們回頭接他,爸爸;我們去接他,帶他一起走。我們把他帶走,也把狗帶走,狗會抓東西給我們吃。

不行。

我分一半食物給那個孩子。

別說了;不行。

孩子又哭起來;那他怎麼辦,孩子抽抽噎噎地說,那個小孩怎麼辦嘛?

傍晚,兩人在路口坐下,他將地圖碎片攤在路上研究,指著圖;我們在這裡,就這裡。孩子不肯看。他繼續研究圖上紅黑線錯織的路徑網,指著他認定是兩人位處的交口上,彷彿能看見他倆的小小分身蹲伏在圖裡。我們往回走吧,孩子輕聲說,路不遠,現在還來得及。

他們在路旁不遠的林地搭了乾爽的篷帳，因為找不到隱蔽處，所以沒生火；一人吃了兩塊玉米糕後，一起蓋上外套、毛毯，蜷在地上睡。他把孩子擁在懷裡，不一會兒，孩子不發抖了，再一會兒，便睡著了。

他記憶裡，那條狗跟了兩天。我想引牠走近，但牠不肯，只好拿鐵絲做索套抓牠。槍裡有三發子彈，沒有多的分給狗。她沿路走開了，孩子看著她的背影，然後看看我、看看狗，開始哭著求我饒牠一命，我答應他不會殺狗。其實也只是一具狗形骨架敷上毛皮。隔天，狗不見了。這便是他記憶中的狗；他沒見過什麼小男孩。

他曾將一把枯皺的葡萄乾用布包起來收進口袋；正午，兩人坐在路邊乾草堆吃這把葡萄乾，孩子看著他，說：吃完這些就什麼都沒了，對嗎？

對。

不會。

我們快死了嗎？

不會。

那我們怎麼辦？

The Road　106

喝水,然後繼續順著路走。

好吧。

入夜,他倆踩著沉重步伐穿越一畝野地,沿路搜找可供生火的隱密地點,購物車拖在身後。郊野裡前途渺茫,但明天會找到東西吃。暗夜循爛泥路追上他倆腳步;他們跨進另一畝野地,繼續拖著步伐向遠處直立的林木走去。天光裡,映著大地最後一抹殘影,樹木顯得蒼禿、黝黑。抵達樹林,夜幕已盡數降落。他牽孩子的手,隨地推踢一落樹枝,燃起營火。樹枝泛潮,他取刀削去枯老樹皮,讓一派派斷枝殘木堆在四周取火烘乾;其後,在地上鋪一塊塑料,自推車取來外衣、毛毯,脫下兩人溼透、泥塗的鞋,與孩子靜靜坐下,伸手向火焰取暖。他想說些什麼,卻想不出什麼可說。這樣的感覺以前也曾有過,超越了麻木與單調遲滯的絕望。世界凝縮到只剩原始、易辨析的核心元素,萬物名號隨實體沒入遺忘;色彩、飛鳥、食物,最後輪到那些人們一度信以為真的事物。名目遠比他想像的脆弱。究竟流失過多少東西?神聖的話語失卻其所指涉,也丟失了現實;凝縮著,似意欲藉此保有些許溫熱,直至某個轉瞬,便在時間裡永遠消失。

107　長路

筋疲力竭的兩人沉沉睡了一夜。清早，營火熄了，地面一團焦黑。他套上敷滿爛泥的鞋去撿樹枝，雙手捧成碗形，不住朝裡頭哈氣；太冷了，可能是十一月天，也可能再晚一點。火生起來後，他走到林地外緣，立身眺望整片鄉野；田園了無生氣，一座糧倉隻立遠方。

他倆沿泥路步行，繞經一座小丘，丘頂原有一棟房子，但已焚毀許久。地窖有只鏽壞的火爐杵在汙水裡；林野間，炭黑的金屬房頂受風捲曲。他們從穀倉搜出幾把穀物，就地站著和塵土吃；金屬料斗底部積灰太多，他差點辦不出米穀。吃完了，便穿過林野走向大路。

循石牆路經一處荒廢果園，排列工整的果樹滿布節瘤，呈色焦黑，斷落的樹枝厚蓋地面。他停步看望林園；吹東風，輕軟煙塵沿田溝翻滾，歇止，又再滾動。類似的場景他見識過。殘草間凝乾的血跡片片，還有內臟兜成蒼灰的羅圈；死屍先在

The Road 108

此處沾染塵灰,再被拖往其他地點。後邊底牆吊掛一串人頭,面向一致,而且同樣面容乾枯、齜牙咧嘴、眼眶深陷。頭頂上,稀疏灰敗的髮絲隨風糾結;齒臼如牙科模具。他們皺乾如皮的耳垂戴著金耳環;頭頂上,稀疏灰敗的髮絲隨風糾結;齒臼如牙科模具。自製藥水紋染的刺青隨疏落日光逐步褪色:蜘蛛,刀劍,標靶,蟠龍,北歐符文,信條標語錯字累累。陳年舊傷,裂口用古舊針法縫補;顱形若未搥打得歪七扭八,便剝去頭皮,在生裸頭骨漆上顏色,前額並潦潦草草簽上名號。其中,有具未上色的白骨,骨片接縫處小心翼翼鏤染了墨色,活像裝配骨件的藍圖。他回頭探看孩子;風裡,孩子靜立推車邊。他探看隨風擺盪的枯草,探看暗夜和成列糾結的果樹;牆上飄掛幾片碎布,塵煙中萬事灰濛。最終一巡,他沿牆看取吊掛其上的面罩,走出園門回到孩子等候處,伸手環抱孩子肩頭,說::好了,我們走吧。

近來每項經歷都為他帶來啟示,或警訊;同類相殘、同黨互食的情景確然存在。清晨睡醒,他在毯下翻身,視線穿透樹林回望來路,恰好看見四名行者並列走來。一千人的行頭形形色色,唯頸上都掛紅領巾;緋紅或亮橘,總之盡其所能接近紅色。撫按孩子頭頂,噓,他說。

109　長路

怎麼了，爸爸？

路上有人。頭臉放低；別偷看。

熄滅的火堆已不冒煙，推車也不至被看見；他滾到泥地上，俯趴著觀望。大隊人馬穿網球鞋踏步走，手握三呎圓管，腕上套著繩索；圓管都有皮革包覆，有些尾端穿附鐵鍊以配掛各式短棍。他們叮叮噹噹走過，步伐搖搖擺擺像發條玩具蓄著鬍鬚，一呼吸，口罩外便冒出水氣。噓，他說，噓。緊跟在後的隊伍手持短叉或長矛，矛頭縛絲帶，細長刀身由卡車彈簧錘鍊成，應是出自內陸鑄鐵廠。孩子俯趴著，臉埋在臂彎裡大驚失色。大隊走了兩百呎遠，地面猶微微顫動；他們重重踏步，身後的置物車堆滿軍用品，全由奴隸以挽帶拖著；車後是女人，約莫十來個，其中幾個懷有身孕；殿在隊伍最末是一幫備用男妓，戴著項圈，寒天裡衣不蔽體，一個連一個拴套成串。都過去了，他倆還趴在地上細聽。

都走掉了嗎，爸爸？

對，都走了。

你看到他們了？

是。

他們是不是壞人?

是,他們是壞人。

壞人很多嗎?

很多,不過都走了。

他們從地上起來,拍拍身上灰塵,還仔細察聽遠方,而遠方已無動靜。

他們要去哪兒啊,爸爸?

不曉得。這幫人四處流竄,不是什麼好事。

為什麼不是好事?

總之不是好事。我們得把地圖找出來看看。

■

稍早他倆將購物車藏在灌木叢裡,現在把它拖出來扶正,堆上毛毯、外套,推到大路上;望向行者遠去的方向,衣衫襤褸的隊伍末段還如殘影在騷亂空氣中徘徊。

下午又開始落雪。他倆止步,看蒼灰雪花自沉沉鬱黑中撒落,然後繼續跋涉向前。暗黑路面敷上軟呼呼的爛泥,孩子腳步不斷落後,他得停下來等。跟緊,他說。

你走太快了。

那我走慢一點。

兩人持續前行。

你都不講話了。

我在講話啊。

要休息一下嗎?

我一直想休息啊。

我們要小心一點;我應該更謹慎。

我知道。

等一下就休息,好吧?

好。

等找到合適地點。

好。

■

大雪將他倆團團包圍,道路兩旁的景物全看不見。他又咳起來,孩子不停打顫,兩人並肩走在塑膠布下,推購物車穿越風雪。終於,他停下腳步,孩子已抖得控制不住。

得停一下,他說。

真的很冷。

我知道。

這是哪裡?

這是哪裡?

嗯。

我不知道。

我們快死的時候,你會不會跟我說?

不知道。我們不會死的。

他倆在草原上把購物車放倒,揀出外套、毛毯,拿塑膠防雨布包住鐵絲後再出發。

抓緊我外套,他說,別放手。兩人橫越草地走到籬笆邊,互為對方壓低鐵絲,方便彼此穿爬到對邊;鐵絲冷,手一壓,膠固勾環吱吱作響。天色疾速轉黑,他倆持續向前,進入一片杉木林,樹木雖枯死、焦黑,樹冠還盛得住雪;每株樹下留一圈珍貴的黑土混針葉堆。

他們在樹下安頓,毛毯、外套鋪疊在地上。他用毯子將孩子纏裹起來,再著手把枯乾針葉耙攏成堆,伸腳在雪地裡清一塊能點火的地方,從鄰近樹蔭搜撿木柴,採折樹枝,抖去殘雪。才對火種引燃打火機,團火隨即劈哩啪啦響燃起來;他知道這火不會續燒太久。看看孩子,他說,我得多找些柴火,就在附近,好不好?

附近在哪裡?

我的意思是,我不會走太遠。

好。

積雪已有半呎深，他在林間掙扎前進，拔取陷落深雪的斷枝；臂彎裡抱滿了，走回火邊，火團已黯弱成一窩飄搖的殘燼。他在火裡撒上樹枝，又離開營地。持續前行不容易，樹林中天色漸黑，火光無法泛照太遠。他一疾行便感到眩暈；回身看，孩子膝下埋在雪中蹣跚步行，沿途撿拾樹枝疊抱在懷裡。

雪花飛降，絲毫不停歇。他徹夜清醒，又起身撥燃營火。稍早，他攤開防雨布，樹蔭下將布塊一端架掛起來，試圖反射篝火溫熱。看孩子睡臉沐浴橘紅火光中，凹陷的雙頰印染長條暗影，他抗禦胸中狂亂，卻無成效。孩子只怕再走不了多遠，即便雪停了，大路終將寸步難行。靜寂中，大雪嗖嗖落降；無盡暗夜裡，只見火花飛升，淡落，殞滅。

迷懵中，他聽見林間一聲巨響，然後又一聲；他驚坐起來。營火僅剩殘燼裡幾處零散的火星。他側耳細聽，樹枝咯喀卡卡折斷的聲音乾脆綿長，其後又是一聲巨響。他伸手晃搖孩子身體；快起來，他說，我們得走了。

孩子以手背揉去眼中睡意；怎麼了，怎麼回事，爸爸？

快來，我們要走了。

怎麼回事？

樹，樹要倒了。

孩子端坐起來，驚狂地朝四處張望。

不要緊，男人說，來，我們快走。

他抓取兩人睡鋪，對摺後裹上防雨布，抬頭一看，雪花飄墜雙眼。篝火只剩餘炭，無能發散火光，樹林幾乎隱匿不見，他倆四周，林木一一倒向漆黑。孩子黏附著他，兩人移開腳步，黑暗中，他試圖找一處空地，最後卻放下包袱，父子倆披覆毛毯靜坐下來，他伸手把孩子摟在身邊。樹木砰然傾倒，積雪轟然摔落，兩種聲響接連沿地面爆發，牽動林地巍巍作顫。男人摟住孩子，對他說一切並不要緊，馬上就會過去；過了一會兒，震盪確然停止，嘈雜聲依稀在遠處隱沒，再起僅止單聲，而且距離遙遠，其後便成一片死寂。好了，他說，應該結束了。他往倒地的大樹下刨洞，手臂鏟抱積雪，凍僵的雙手蜷進衣袖；兩人把睡鋪、防雨布拖進地洞，乘著刺骨寒冷，不一會兒亦沉沉睡去。

The Road 116

天亮，他擠出地穴，防雨布已重重蓋覆積雪。他站定環顧四周；雪停了，杉木襯著斷枝倒臥在堆高的雪丘上，幾柱直立樹幹失了枝葉，形貌焦黑，佇立蒼灰地景中。他步履艱難穿越雜物堆疊的林地，留孩子像冬眠小獸睡在樹底下。雪深近乎及膝；原野上，枯乾的莎草經風一吹，幾乎全數隱沒；籬笆巔頂，鋒利的鐵絲切口立著白雪；萬物闃寂得教人喘不過氣。他倚著椿柱咳嗽，對匿藏購物車的位置毫無概念，心想自己是愈來愈蠢笨，腦袋也愈來愈不管用了。專注點，他說，你得動動腦筋。轉身回去時，孩子正高聲喊他。

該走了，他說，不能留在這裡。

孩子用空洞目光凝視地上蒼灰的雜物堆。

走吧。

兩人穿過鐵絲籬笆。

我們去哪兒，孩子問。

去找購物車。

他呆立著，兩手緊貼外衣夾在腋下。

117　長路

來啊,男人說,快點來。

他跋涉狼藉的原野,積雪既深又茫灰,已有新的煙塵飄覆雪上。掙扎前進幾呎,他轉身回看,孩子跌了一跤,他拋下滿懷的防雨布、毛毯,回頭扶孩子起來。孩子抖顫不止,男人將他從地上抱起來攬在懷裡;對不起,他說,對不起。

花了很長時間才找到購物車,他從雜物堆中把車拖正,翻出背袋在空中抖了抖,打開袋口塞進一條毛毯,再把背袋和剩餘的毛毯、外套放進購物籃,抱起孩子安在籃頂,鬆開鞋帶把孩子的鞋脫下來。他取出小刀分割西裝外套,拿碎布包覆孩子的腳,用盡一整件外套後,切開防雨布成幾片大方形,由底部包抓起來,以外套袖筒的襯裡綁在孩子腳踝上;綁完後退一步,孩子低頭看,說:該你了爸爸。他先給孩子多披一件外衣,才墊防雨布坐在雪上,包起自己的腳;起身後雙手藏進大衣口袋取暖,然後把兩雙鞋同望遠鏡和孩子的玩具貨車裝進背袋。他抖抖防雨布,摺起來跟毛毯一起綁在袋上,背上肩;最後一次巡看購物籃,裡頭再沒有什麼吧,他說;孩子回看推車最後一眼,便跟他走上大路。

The Road　118

旅途比他揣想的更艱辛,一小時可能只走一哩;他停步回看孩子,孩子跟著停步觀望。

你覺得我們快死了,對不對?

不曉得。

我們不會死的。

好。

你分明不信我說的話。

我不曉得。

為什麼覺得我們會死?

不曉得。

不要再說不曉得。

好吧。

為什麼覺得我們會死?

因為我們沒東西吃。

我們會找到東西吃。

好。

你覺得不吃東西能活多久?

不曉得。

就你覺得。

幾天吧。

然後呢?就會倒在地上死掉?

對。

不是這樣。不吃東西也能活很久;我們還有水,水才是最重要的,沒水喝才活不久。

好。

你根本不相信我。

我不曉得。

他細看孩子,孩子站在一邊,雙手插在尺寸過大的直條紋西裝口袋裡。

我騙過你嗎?

沒有。

但你覺得,一講到死我就可能說謊?

對。

好吧,我是可能說謊;但我們真的不會死。

好。

■

他審視天空,曾有幾天,蒼灰色的陰霾似乎淡薄了點,但此刻,沿路挺立的大樹只能朝雪地投映再模糊不過的暗影。他倆持續向前;孩子走得不穩,他停下來檢查孩子雙腳,重新綁過塑膠布。一旦開始融雪,雙腳很難保持乾燥。他已無力背負孩子,他們經常停步休息,停坐在背袋上抓髒雪吃。下午,積雪開始融化,他們經過一幢焚毀的屋子,只見磚造煙囪矗在庭院裡。父子兩個整日在路上,此時白日也只如此,僅僅幾小時;他們大約走了三哩路。

路況太糟,他以為沒有其他旅人,但他錯了。他倆紮營的地點幾乎落在路上,

還生一盆大火，拖出雪中枯枝疊入烈焰，樹枝嘶嘶作響，乘熱冒發水氣。幾條毛毯根本不夠保暖，而他一籌莫展。夜裡他試圖保持清醒，偶從睡夢中猛地坐起，便急急拍摸四周找槍。孩子好瘦，他看孩子的睡容，眼窩凹陷、神色緊繃，散放詭異的美。他站起來，往火裡多添一些木柴。

■

兩人踏上大路後停步，雪上有人跡。拖拉車，或其他配輪胎的運輸工具；胎痕窄，應該是橡膠胎。輪軌間夾一串靴印，看來有人摸黑南行，趕路時，至遲不過拂曉。趁夜行動；他站定思索行者的用意，其後小心翼翼循車跡走；行跡距他生的營火不到五十呎，這幫過客卻甚至沒有放慢腳步觀望，他回看大路，孩子注視他。

我們不能待在路上。

為什麼，爸爸？

有人來了。

是壞人嗎？

對,我怕是壞人。

也可能是好人,對不對?

他不回話,聽從舊習望向天空,天空什麼也沒有。

怎麼辦,爸爸?

走吧。

可以回昨晚生火的地方嗎?

不行。快來,恐怕時間不多。

我好餓。

我知道。

我們該怎麼辦?

遠離大路躲起來。

他們會不會看見我們的腳印?

會。

那怎麼辦?

我不知道。

他們會不會知道我們躲在哪裡？

你說什麼？

他們看到腳印，會不會知道我們躲在哪裡？

他回看雪地，兩人蹤跡繞成大圓圈。

他們是猜得到，他說。

然後停步。

是該想清楚；我們先回生火的地方。

他原想在路上找積雪融盡的地點，但回頭再想，若足跡恰在隱避處中斷，也沒有意義。於是他倆踹踢積雪蓋覆炭火，走進樹林兜幾圈再回營地，東奔西突畫一串紛亂的足跡後，回身穿越林木朝北走，視線不離大路。

他倆擇選的據點，是目光所及地勢最高處，能夠循大路望向北方，俯瞰來時的蹤跡。他在溼雪上攤開防雨布，給孩子裹上毛毯；會很冷，他說，但我們可能不會待太久。不到一小時，兩個男人沿路走來，步伐邁大幾近慢跑；兩人經過之後，他

The Road　124

起身注視,才站起來,那兩人隨即停步,其中一個回頭看望;他嚇僵了。他裹著灰毯子,應當不易被看見,但也並非完全不可能;他想,他們應該是聞到了炭煙味。兩個男人站在路上聊了一下便繼續前行,他鬆坐下來;沒事了,他說,得等一會兒,不過應該沒事了。

接連五天,他倆沒東西吃,也忍著不睡,就這麼走入小鎮近郊,遇上一幢曾經很堂皇的房子,立在路旁小丘上。孩子握住他的手。碎石路的積雪多已融盡,南向田野和樹林裡的冰雪亦所剩無多,他倆靜靜站著,雙腳上,塑膠套袋早已磨破,兩腳又溼又冷。房子高,正面雄偉,一列多利克廊柱₃,側邊設門廊,碎石車道蜿蜒穿越一園枯草,奇妙的是,門窗竟完好無損。

這是哪裡啊,爸爸?

噓,我們靜靜站著聽一會兒。

毫無動靜,除了冷風沙沙搖撥路邊草蕨,傳自遠方的咯吱聲,可能是門,或是

3 無柱基,上承橫梁、下接建物臺基,柱身帶有圓弧溝槽的圓柱。帕德嫩神廟正面即列此型廊柱。

125　長路

百葉窗飄動。

我們應該進去看看。

爸，別進去。

不要緊。

我覺得別去比較好。

不會有事；我們總得看看。

他們慢慢走上車道，一攤攤融雪隨機鋪散，其間未見足印。枯壞的水蠟樹籬長得挺高，一窩古舊鳥巢嵌卡在黝暗的枝條間隙裡，他倆站在庭院中審視大屋外觀，自製房磚似由大屋基底的土泥烘燒得來。剝落漆料滑落廊柱、剝離表層鼓皺的內側廊頂；垂延成乾長細線；頭頂，一盞燈懸在鏈上。上樓梯的時候，孩子緊貼著他有扇窗稍稍推開，伸出一線繩索橫過前廊隱匿於草間。他握住孩子的手，兩人跨過門廊；過去，奴僕曾揣著銀盤上的美食、飲品穿踏這片廊板。他們走向那扇微開的窗，朝房裡看。

爸爸，萬一屋子裡有人怎麼辦？

屋子裡沒有人。

我們該走了,爸爸。

我們要找東西吃,已經別無選擇了。

我們到別的地方找。

不會有事的;跟我來。

■

他掏出塞掛腰間的手槍,推開大門,門板附著斗大的黃銅門鈕緩緩擺晃;兩人駐足細聽。踏入開敞前廳,地板上,黑白雜色的大理石地磚鋪列如骨牌;寬敞樓梯疊升向上;內牆敷細緻花紋壁紙,但已染上水漬、剝落下垂。石灰天花板鼓脹變形,突出一窩窩大垂袋;泛黃的鋸齒牆飾自內牆上緣剝離,向下彎折垂掛。左方門框裡,桃木碗櫥挺立的空間應該就是飯廳;櫥門、抽雁都消失了,剩餘的結構太龐大,無法充作柴火。父子倆站在門邊,看飯廳一角的窗臺下雜堆一大落衣物,包括衣服、鞋子、腰帶、外套、毛毯、睡袋;稍晚,他會有足夠時間考量怎麼處置這落

雜物。孩子嚇壞了，緊抓他的手不放。他倆穿越前廳到另一側房間，進入一座宏偉大廳，天花板較門框高出一倍；大廳裡，木製壁爐架和周邊壁飾都被撬開、燒盡了，露出赤裸磚牆；爐床前，幾張床墊同睡鋪排置地上。爸爸，孩子輕聲說；噓，他回應。

■

爐灰是冷的，幾只焦黑大鍋散在一邊；他蹲下，拾起一只鍋子聞了聞又放下，起身看向窗外；灰敗、毀爛的草皮，濛灰的雪。越窗伸出屋外的繩索縛在銅鈴上，銅鈴定在粗製濫造的木鉤上，木鉤釘在窗框。他牽孩子的手，兩人循一道狹窄的廊道走進屋後的廚房；到處堆滿垃圾，水槽滿布鏽斑，空氣裡飄著溼霉與屎尿的氣味。他們接著走入隔鄰的小房間，也許會是食物儲藏室。

小房間的地面有扇門，也可能是通往儲物倉的入口，門上安一把層疊鋼板造的大掛鎖，他盯著鎖看。

爸爸，孩子說，我們該走了。

鎖門一定有道理。

孩子扯拉他的手，眼淚幾近奪眶而出；爸爸，他說。

我們總要找東西吃。

我不餓，爸，我不餓了。

得找一把撬槓之類的東西。

■

他們推開後門走出去，孩子緊抓著他；他把槍塞進腰帶，止步望向後院。院裡有條鋪磚走道，一列老黃楊木如今形貌扭曲、枯瘦堅硬。一塊老舊的鐵製拖犁跨架在磚堆上，有人在犁網間塞一只以往用來煉豬油的四十加侖鑄鐵鍋，鍋下有煙灰和焦黑木塊，一旁是裝橡膠輪的拖拉車。他把一切看在眼裡，卻不了解這布局的意義。院落底邊有木搭煙熏房和工具間，他半拖著孩子走過去，進入工具間檢視立在大圓桶中的器具，找到一把長柄鐵鏟，舉在手裡掂了掂；跟我來，他說。

129　長路

回到屋裡，他拿鐵鏟往倉門扣環四周的木料劈砍，最後把鏟身塞進環扣底下整個撬開，扣環拴在木料上，這一撬，整組裝置連著大鎖都拔開了。他伸長腳把鏟沿門板外緣壓入門縫，停下來取出打火機，再站上鏟柄頂端，施力把倉門舉抬起來，然後彎身抓住門板；爸爸，孩子低聲說。

他停手；聽話，你別再說了，我們倆快餓死了，你懂不懂？他舉起倉門，轉半圈放倒在地板上。

你在這等，他說。

我跟你去。

你不是很怕嗎？

在這裡也怕。

好吧，那你要跟緊。

他走下簡陋木梯，低頭點燃打火機，向黑暗送出火光，如饋贈大禮。空氣又冷又潮，飄滿難忍的惡臭；孩子攫緊他的外衣。他瞥見石牆一角，泥土地，一方老舊床墊染印深黑汙漬。低身再往下走，他把打火機朝外送：一群人，有男有女，裸著

The Road　130

身子蜷在後牆邊，全舉手遮臉、閃閃躲躲、躺在床上的男人雙腿盡失，臀下窄短的殘肢燒焦、泛黑，氣味難聞得可怕。

天啊，他低嘆。

那幫人一個接一個轉過身來，就著微弱火光眨巴雙眼；救救我們，他們低聲呼求，拜託救救我們。

天啊，他說，我的天啊。

他轉過身抓住孩子；快，他說，趕快。

打火機掉了，無暇回頭找；他催推孩子上樓；救救我們，那幫人呼喊著。

梯子底端出現一張扎滿鬍鬚、毛茸茸的臉；求求你，他說，求求你。

走快點，拜託快一點。

他急急推孩子出倉門，放他四肢大張倒在一邊，隨即抓起門板甩盪半圈，任其啪一聲倒地關上，回身要抓孩子，卻見孩子已從地上爬起，就著驚恐扭扭跳跳的天啊，你在幹麼，他低聲譴責，而孩子指指窗外，他回頭一看，渾身僵冷⋯四名蓄絡腮鬍的男子正偕兩名女子跨越草地朝大屋走來。他抓起孩子的手；我的天啊，

他說，跑，快跑。

兩人朝前門狂奔，衝下階梯，跑到車道中途，他把孩子拖進草叢，自己回頭看望；水蠟殘骸為他倆提供部分遮蔽，然而他知道，僅有幾分鐘時間逃離，甚至可能連一分鐘也沒有。他們在草皮底端撞上一柄枯枝，然後跨過大路躲入對邊林地；他在孩子腕上多施點力，快跑，他低聲說，我們得跑快一點。他看向大屋，但沒有看出動靜；那幫人沿車道往下走，就能看見他帶孩子在林木中竄逃。是時候了；是時候了。他往地面撲倒，將孩子拉到身邊；噓，他說，噓。

爸，他們會不會把我們殺掉？

噓。

他倆倒趴在落葉煙塵間，心臟飛速狂跳。他想咳嗽，本想以手掌遮掩口鼻，但孩子緊握住他一隻手不肯放鬆，另隻手則握著槍，於是他得專注憋著咳，同時凝神細聽；他俯在落葉堆上，來回掃視，試圖察看動靜；把頭壓低，他輕聲說。

他們追來了嗎？

沒有。

兩人緩緩爬出落葉堆,到看似地勢較低的據點;他趴在地上側著耳朵聽,手裡摟著孩子。隱隱聽得那幫人在大路中央對話,有女人的聲音,然後,聽見他們走進枯葉堆,於是他抓起孩子的手,把手槍交到孩子掌上。拿著,他低聲說,你拿著。孩子嚇壞了,他舉手環抱,懷裡的身體好單薄。別怕,要是他們找到你,你就得動手,懂嗎?嘘,不要哭;聽到沒有?你知道怎麼做,放進嘴裡往上指,要快、要確實,懂不懂?別哭了,你到底懂不懂?

應該懂。

這樣不行;你到底懂不懂?

懂。

說爸爸我懂了。

爸爸我懂了。

他低頭看孩子,觸目所及盡是恐懼。他把槍由孩子手上拿回來;不對,你根本不懂。

我不知該怎麼辦，爸爸，我不知該怎麼辦；你要去哪裡？

沒關係。

我不知該怎麼辦。

噓，我哪裡也不去，不會離開你。

你保證你不會走。

對，我保證不走。我本來要跑出去把他們引開，但我離不開你。

爸？

噓，身體壓低。

我好怕。

噓。

■

他倆趴下豎起耳朵聽。時候到了，你做得到嗎？時候到了，就沒有間隙多想。時候到了，儘管詛咒上帝，然後便是死亡。不能引爆槍火怎麼辦？一定要能引爆。

The Road 134

但真的無法引爆怎麼辦?你能撿石塊砸碎摯愛親人的腦袋?在你心裡,是否藏著這等脾性,而你毫無所悉?可能嗎?擁它入懷,就這麼做;情性來去匆匆,引它趨近你,輕吻它,要快。

他靜待著,手裡握著短槍,幾乎大咳出聲,但窮盡注意力憋忍,嘗試諦聽動靜,卻又對一切置若罔聞。我不會離開你,他低語,永不離開你,懂嗎?躺臥殘葉中,他懷裡抱著抖顫不止的孩子,掌裡緊扣著槍。漫長黃昏終於落盡,而黑夜降臨,天候冰涼,杳無星光;這是上蒼佑庇,他開始相信他倆有機會逃離險境。只要等著,他輕聲說。然而頭暈眼花;太虛弱了,他總嚷著逃跑,其實根本跑不動。待黑夜確然落降,他鬆開背包縛帶,拉出毛毯蓋覆在孩子身上,不久,孩子便睡著了。

夜裡,大屋傳出駭人尖叫,他盡量以手遮覆孩子雙耳,過了一會兒,嚎叫便停

止了。他仍趴著細聽消息,視線穿越樹叢望向大路,看見一方箱子,貌似兒童玩具屋;他知道,是那幫人監看大路的裝置,若有動靜,守衛者搖鈴傳訊,然後靜趴著等待同夥支援。他睡睡醒醒;什麼聲音?落葉堆裡有人?沒有,只是風聲,沒事。他端坐起來看望大屋,眼前卻只漆黑一片,於是把孩子搖醒。起來,他說,我們該走了。孩子雖不出聲,男人知道他醒了。他拉起毛毯綁在背包上。跟我來,他說。

他倆自暗黑樹林啟程,灰敗陰沉的夜空透出月光,恰能讓他們看清林木。兩人像醉鬼晃晃搖搖地走。爸,他們要是找到我們,會把我們殺掉,對不對?

噓,不要說話。

對不對啊,爸?

噓。對,會把我們殺掉。

他不知他倆正朝什麼方向走,深怕繞過一圈又回到大屋;這類情事確實發生過,抑或僅是傳說?他嘗試在記憶中搜索。迷失的旅人轉向何方?答案或取決於旅人身處哪一個半球、慣用哪一隻手;最後,他放棄了再思索這個問題,不思索是否

The Road　136

有所依循。他的腦袋不聽使喚,隱匿千年的幻影緩緩由沉睡中醒來;若要調校,該調校的是這個狀態。孩子腳步搖擺,開口要爸背,咬字模糊;男人才把他背起來,他就趴在男人肩上睡著了。男人知道自己沒法背他太久。

闃黑樹林裡,他自殘葉中醒來,渾身激烈顫抖;起身探尋孩子蹤影,他觸到細長肋骨,體溫,伏動,和心跳。

再醒來,幾有足夠天光辨識周遭景物,他甩開毯子站起來,差點摔上一跤;踏穩腳步,環顧灰濛濛的樹林——他們究竟走了多遠?逛到小丘頂上蹲下,看天色漸次轉白;羞怯、隱蔽的黎明,冰涼、晦澀的世界。遠方似有一畝松林,生冷卻焦黑;萬物黯淡,蒼灰若鐵,蠟黃如膠。他走回睡處找孩子,要他端坐起來,但孩子腦門不住往前點晃;該走了,他說,我們該走了。

他背孩子穿過曠野,每數五十個步伐便停下休息。走入松林,他跪下,將孩子擺上混泥沙的腐葉堆,給孩子覆上毛毯,靜坐下來注視他。孩子活像死亡集中營漏

137　長路

放的囚犯，飢腸轆轆，筋疲力竭，驚恐不安。他傾身吻他，然後站起來走向林邊，繞一個大圈確認兩人安全無虞。

越過林野向南望，隱約辨出一幢房屋和一座穀倉，庭樹背後是截彎路，長長車道鋪乾黃的草，枯藤循石牆蔓生，一方郵箱，籬笆沿路走，枯樹長在籬後。萬事冰冷，闃靜，裹覆塵霧之中。他走回擄地，坐在孩子身邊。稍早，絕望曾引他做出輕率不智的舉動，他絕不重蹈覆轍，無論如何。

孩子幾個鐘頭內不會醒，即使醒了，也會害怕。過去就是這樣。他考慮把孩子叫醒，又知道孩子醒了也不會記得他先前說過的話；他教孩子像小鹿蜷在樹林裡，教了多久？最後，他由腰間掏出槍，伸進毯下擱在孩子身邊，獨自起身出發。

他從小丘上看見穀倉，先停下腳步觀望、靜聽；下山時穿過一畝荒廢蘋果園裡，殘幹節瘤、枯焦，荒草及膝。立在倉門邊，他再豎耳細聽，蒼白日光落進百葉窗。他靠邊循塵土漫覆的畜欄走，其後站到倉庭中央諦聽，無聲。爬梯上閣樓，

The Road 138

虛弱如此，他懷疑自己能否順利登上樓板；走近閣樓底邊三角牆，自挑高窗戶望向樓底郊野，片片拼湊的田地荒枯、黯灰、其間有籬，有路。

閣樓地板堆有捆捆乾草，他蹲下來，從草裡挑出一把種子，坐在地上嚼；口感粗糙，乾澀，飽混塵沙，但該帶有一些營養價值。他起身滾推兩捆乾草橫過樓板，放它們落入倉庭，換來兩次砰然巨響，混著灰茫茫的煙塵；然後回三角牆邊立著，審視大屋落在穀倉邊角後緣的形貌，才爬梯下樓。

大屋與穀倉間的草地看來未有人踩踏過；他穿過草場登上門廊，廊道遮板都腐朽消蝕了，廊裡停著兒童腳踏車。廚房門開著，他穿越門廊站到門邊，敷飾內牆的廉價夾層鑲板受潮彎曲，崩落在地上，餐桌敷著紅色塑膠貼皮。他走進廚房拉開冰箱門，層架上有東西在灰毛皮裡，他關上冰箱。四處是垃圾。他由屋角撿一支掃帚，拿帚柄在身邊戳戳弄弄；爬上流理臺，伸手在壁櫃積累的灰塵堆裡探索，捕鼠器，一袋東西。他吹去袋上灰塵，原來是葡萄口味的飲料調味粉，便放入外衣口袋。

139　長路

一間又一間，他巡視大屋裡的房室，什麼也沒發現。床頭櫃裡躺一把湯匙，他拾起來放入口袋；他以為衣櫃裡會有衣物或寢具，但什麼也沒有。走出屋外，步入車庫，他一一檢視庫房裡的工具，層架，鐵鏟，櫥櫃上放幾瓶鐵釘、螺栓，一把美工刀。他揀起美工刀對著光，看看鏽壞的刀片又放回去，然後再撿起來，從一只咖啡罐取螺絲起子將刀柄打開，柄裡藏著四道新刀片放在櫥櫃上，換上一道新的，鎖回刀柄，推回刀片，把刀放進口袋。最後，他揀起螺絲起子，同樣放入衣袋。

走出大屋重回穀倉，他帶了碎布來揀乾草裡的種子；然而一進穀倉，他停步諦聽風聲，倉頂某處傳來鐵片喀喀作響，倉裡迴繞著乳牛氣味，他靜立思索著關乎乳牛的資訊，才想起乳牛早已絕種。真是這樣嗎？說不定，世上某處，仍有人悉心餵養照護一頭牛。可能嗎？拿什麼餵養？留一頭牛又有什麼用呢？敞開的倉門外，荒草隨風搔刮，作聲澀乾刺耳；他步出門外，目光跳越牧野，投向孩子安睡的松林，然後走入蘋果園，再次停步。他踩中了什麼。後退一步跪下，他撥開枯草，是顆蘋果。他撿起果子朝光看，硬實，褐黃，皺乾。他拿碎布擦擦果皮咬一口，幾近乾澀

The Road 140

無味，但確實是顆蘋果。他把果子整個吃完，連皮帶子，最後僅拇指和食指掐著蒂頭，由它輕飄落地，又開始輕輕踩踏草叢。他的腳還包在西裝外套與防雨布碎片裡，他坐下鬆開腳繩，將大把碎布塞進口袋，赤腳走入排排果樹之間。走到果園底邊之前，又撿了四顆果子擺在衣袋裡，然後回頭，在果樹間一道一道搜索，直到在草地裡踩上一盤拼圖玩具才停下來。撿的果子多得拿不完；他在樹幹邊摸索，衣袋中裝滿蘋果，又把果子堆進大衣的帽兜，胸前、臂彎裡全疊滿了果實。穀倉門前，他將果子倒成一堆，坐下重包凍僵的雙腳。

在與廚房相連的晾衣間，他看過一只滿塞封口罐的老舊藤籃。他將籃子拖到地上，取出封口罐後翻蓋過來，拍拍籃底抖出灰塵，突然停手──他還看過什麼？排水管。葡萄篷架，深黑蜿蜒的枯藤攀附其上，像商業圖表裡的企業營運曲線。他起身穿越廚房走進庭院，靜靜站著回看大屋，屋面窗格反射的天光蒼灰，且無可名狀，排水管爬掛前廊一角。他手裡還捧著藤籃，於是將之安置在草坪上的垃圾，他拂開槽蓋上的垃圾，擊破一小塊廊前階梯。水管沿廊內角柱向下沒入水泥槽池，他拂開槽蓋，將槽蓋清掃乾淨，掃帚安入廊角，才一把舉起槽蓋遮板，然後走回廚房取出掃帚，

141　長路

槽蓋。槽中，一方托盤盛住落自房頂的灰滓汙泥，泥裡還混枯葉與嫩枝；他抬起托盤放到地上，盤下堆著淨白礫石；捧開礫石，石下鋪放炭渣，一塊塊均由完整木棒、樹枝燒成，排列猶如縮小的林樹。他把托盤蓋放回去，地面現露一只青銅扣環，他伸手取掃帚揮去近處煙塵，發現與扣環相連的門板上有幾道鋸痕。他將門板掃淨，跪下用手指勾住扣環，提起板門將它打開。門底暗處，他嗅到槽池聚著清水，氣味香甜，便趴下身體取手去撈，恰正觸中水面；他伸手朝前疾推，舀起一掌清水湊到鼻前，淺嘗一口後唏哩呼嚕喝下。他在地上趴臥許久，一次一捧，取水就口；記憶裡從未有過如此美好的事物。

他回晾衣間，取兩只封口罐、一只古舊青瓷鍋，將瓷鍋抹淨了盛水，用來洗瓶子。他趴低身體，將一只封口罐沉入池裡注滿，撿出來，瓶身還答答滴水。水好清澈，他舉瓶子對著光，瓶裡僅有一小塊沉積物緩緩循水渦中軸線環繞；他斜倒瓶身喝水，慢慢地喝，幾乎把整瓶水喝盡，喝完了飽脹著胃坐下。他還能喝，但決定就此打住，將瓶底剩水倒入另一只封口罐，洗淨後，把兩只瓶罐裝滿，蓋回槽池板門，起身帶兩瓶水穿越郊野朝松林走去，衣袋中塞滿了蘋果。

離開的時間比預期長，他盡可能加快腳步，肚腹間，清水隨腸胃收縮咕嚕嚕震動，於是他停下歇息一會兒再繼續走。回到松林，孩子還睡著，似乎連翻身也不曾。他跪下，仔細將瓶罐安入腐葉堆，撿起手槍插回腰間，坐下看孩子睡。

整個下午，他倆裹毛毯坐著，吃蘋果，就封口罐啜水。他從口袋裡掏出葡萄調味粉，打開，倒進瓶中攪拌攪拌，再遞給孩子；爸你真厲害，孩子說。他睡了一會兒，留孩子看顧情勢；傍晚，父子倆翻出鞋子穿上，走入農舍取他稍早帶不走的蘋果。他們注滿三瓶水，瓶口旋的雙重蓋，是他在晾衣間櫥櫃找到的，有滿滿一盒。他揀一條毯子裹住所有東西，包裹塞入背袋，袋口用剩餘毯子包覆起來，然後整袋背扛在肩上。兩人站在大屋門口看天光向西滑落，其後走下車道，重新上路。

孩子緊抓他外衣，他緊貼大路側緣走，黑暗中，嘗試用腳底觸辨行人道鋪面。遠方傳來雷聲，不多久，微弱閃光乍現眼前，他從背袋取出塑膠布，但餘下的布幅已不夠蓋覆兩人身體；一會兒後，天開始落雨。他倆肩並肩，步履蹣跚，根本無處可躲。他們拉上大衣帽兜，淋了雨的大衣又溼又重；他停步試圖重新打理防雨布，

143　長路

孩子則不住顫抖。

凍壞了，對不對？

對。

停下不動會很冷。

現在也很冷。

那怎麼辦？

可以停下來休息嗎？

好，可以；我們停下來休息。

此夜同往昔眾多個夜一般漫長，他倆蓋毯子躺臥在路邊溼地上，雨水劈哩啪啦敲打防雨布；他摟著孩子，過了一會兒，孩子不再打抖，再過一會兒，便沉沉入睡。雷聲朝北漸次遠去，全然停息之後，僅餘下雨；睡睡醒醒之間，雨勢轉弱，才過一段時間，也跟著停息下來。不知是否已過午夜，他不住咳嗽，愈咳愈厲害，吵醒了孩子。黎明尚遠，他不時起身朝東探看，不久，白日降臨。

他輪番把兩人外衣繞在小樹幹上扭絞，又讓孩子把衣物脫光、包掛著毛毯，待他把衣服擰乾才還回去，其間孩子盡站著打抖。前晚睡臥的溼土已乾，他倆披毯子坐下，吃蘋果喝水，然後再次上路，頭戴帽兜，神情憔悴，纏裹在破布團裡一路發抖，狀似被支派去尋索居地的乞丐僧侶。

向晚，兩人身上的衣物乾透，開始研究片片破碎的地圖，然而他對方位一無所悉，薄暮中站在大路高處試圖找回方向感。他們走出公路，循小徑穿越郊野，終於遇上一座便橋。橋底溪水已乾，他倆沿河岸徐行，走入橋下蜷縮在一起。

可以生火嗎？孩子問。

沒有打火機。

孩子別過頭去。

對不起，是我弄丟了，我不想跟你說。

沒關係。

可以找打火石，我一路都在看；況且，那瓶油還在。

好。

很冷嗎？

還好。

孩子把頭枕在他腿上，過了一會兒，說：那些人會被殺掉，對不對？

對。

為什麼呢？

不知道。

他們會被吃掉嗎？

我不知道。

他們會被吃掉吧，會嗎？

會。

我們幫不了他們，因為一插手，我們也會被吃掉。

對。

所以我們幫不上忙。

好。

他們路經幾個小鎮，布告欄皆草草爬著閒人勿近的警語。為了添寫標語，布告欄全刷上薄薄一層白漆，漆層背後隱隱透出商品廣告的殘影，而那些商品都不復存在了。兩人坐在路邊啃食最後幾顆蘋果。

怎麼了？男人說。

沒事。

會再找到東西吃的，一路不都過來了。

孩子不答話，男人注視著他。

不是在想這件事？

沒什麼事。

跟我說。

孩子望向大路。

我想聽你說；不要緊，你說說看。

孩子搖頭。

看著我，男人說。

他回轉過頭，神情彷彿剛剛哭過。

說說看。

我們永遠不會吃人肉,對吧?

不會,當然不會。

就算快餓死也不吃?

我們現在就快餓死啦。

是你說我們不會的。

我只說我們不會死,沒說不餓。

但我們不吃人肉。

不吃,不吃人肉。

無論如何都不吃。

不吃,無論如何都不吃。

因為我們是好人。

對。

而且我們要把火傳下去。

是,把火傳下去。

好。

他在邊溝裡看過幾片打火石或黑矽岩,但到頭來,他發現,取火種浸汽油後聚成一小堆,然後拿鐵鉗在火種上方擦磨石頭側邊,反而更省事一些。如此過了兩天。三天。飢餓無以復加,然而大片田野早被洗劫一空,吃乾抹淨,荒毀至極,連渣滓也不剩了。暗夜冷得昏眩,黑如棺柩;白日確然到臨前,漫長時光承載可怖的寧靜,彷彿戰場上的黎明。孩子膚色清透若蠟,兩眼睜大,則狀似異形。

死亡終於落到他們身上,他開始這麼想;那麼,得找個隱密不顯的地方藏躲起來。有幾次,他坐著看孩子睡,抑制不住地抽咽,啜泣非關生死,究竟關乎什麼,他也不確知,然而他想,應是關於美好與良善,這類他再無法想像的情事。他們蹲踞荒林,喝碎布撐出來的山溝水。他夢見孩子躺在停屍板上,隨即驚醒;清醒時分能承受的困厄,入夜便顯得太過猙獰;因怕噩夢回籠,他端坐起來保持警醒。

他倆在過往絕不輕易光顧的危樓灰燼中四處翻找。地窖黑水浮載一具死屍,周

圍繞著垃圾與鏽蝕的通風管；半焚毀的客廳房頂大開，他站在其中，看泡水的木板漂滑進庭院，浸溼的書本停立在書櫃。他取一本書，翻開，又擺放回去；什麼都是潮的，一切漸次敗壞。抽屜裡，他翻出一截蠟燭，根本沒法點燃，但依舊收進口袋。走出大屋沐浴蒼灰天光，靜立著，突有一個片刻，他透悉了萬物的絕對真理：將死而無遺言的大地旋繞著，冷酷且不止息；暗黑無以緩解，拖曳日光的盲犬鎮日奔忙；宇宙間，漆黑虛空能使萬事毀滅；而天地某處，兩隻恆遭捕獵的動物，像小狐狸窩在藏身處打抖。這是賃借的時光，賃借的世界，要用賃借的雙眼去哀悼。

■

小鎮外緣，他倆坐入卡車駕駛室休息，同時看望窗外；近日大雨方將窗玻璃沖洗乾淨。煙塵輕微揚舞，父子倆筋疲力盡。路旁**矗**立著警語，談及死之將至，字跡已隨時日轉淡；他看了幾乎嘆笑出來。看得懂嗎？他說。

懂。

不必理它；這裡根本沒人。

The Road　150

人都死了？

應該是。

真希望那個小男孩還跟我們在一起。

走吧，他說。

如今睡夢多姿多彩，教他不願醒來。夢裡盡是不復存在的事物：現實的寒冷驅迫他在夢中修復了火，還記起她在清早穿越草坪走向屋舍，輕薄的玫瑰色晨衣貼覆胸口。他相信每縷回憶都對記憶源頭有所折損，道理就像派對常玩的傳話遊戲；所以應知所節制；修飾過的記憶背後另有現實，不論你對那現實有沒有意識。

兩人裹髒兮兮的毛毯穿越大街，他一手扶腰上手槍，一手牽孩子；走到小鎮另一頭，遇上一幢獨立大房聳立田野中，他倆穿過田園進屋，巡視屋內廳房。從鏡子裡看見自己倒影的時候，他驚動得幾乎拔槍。那是我們喔，爸爸，孩子輕聲說，是我們。

他站在後門邊看望田園，園外大路，還有大路背後荒涼無盡的郊野。天井內有

烤肉窯，是用焊槍把五十五加侖圓桶垂直剖開，安置在熔接鐵架上做的；庭院裡有枯樹；一道圍籬；存放工具的鐵皮屋。他抖掉身上毛毯，裹覆在孩子肩上。

你在這裡等我。

我要跟你去。

我只過去看一眼；你在這坐著，我保證你隨時看得見我。

他走過院子，推開門，手裡仍握著槍。那是座園藝小屋，泥土地，鐵架上落幾盆塑膠花盆，處處蓋覆煙塵，牆角豎立花藝器具，還有一部割草機，窗下臥一張木質長凳，凳邊是一座金屬櫃。他打開櫃門，櫃裡有陳舊的商品目錄和幾包種子，能種秋海棠和牽牛花；他把種子收入口袋，但要拿來做什麼呢？層架頂端杵兩罐油，他把槍塞回腰間，伸手取油罐安在長凳上。油罐是紙板圈的，兩端覆金屬蓋，已經非常老舊；機油雖滲透紙板，看來罐裡猶是盈滿的。他後退一步望向門外，孩子披掛毛毯靜坐屋後階梯上看他。再轉身，他看見門後一角放一只汽油桶，明白桶裡不會有油，而當他以腳磕碰桶身、教它歪傾了又兀自落正，桶底動作竟稍有緩遲。他拾起油桶帶到凳邊，試圖旋開桶蓋但旋不開，於是從衣袋中取出鉗子，張開

The Road 152

鉗口再試；鉗口與圓蓋口徑相符，他扭開桶蓋擱放在凳上，嗅一嗅油桶，氣味難聞，應已歷久經年，但桶裡確有石油，可以燃火。他把桶蓋旋緊，鉗子收回衣袋，探找體積較小的容器，卻沒找到；不該把水瓶丟了的，到屋裡看看。

走過草地時，他感到些許昏眩，必須停下腳步；他揣想是聞過汽油的緣故。孩子注視著他。距離死亡還有幾天？十天？再多，只怕也多不了幾天。他無法思考。為什麼停下來？他轉身低頭望向草坪，往回走，伸腳觸探地面，其後再度回頭，走入鐵皮小屋取來土鏟，回到稍早停步的地點，將鏟子插進土中；大半鏟身隨即沉落入土，落到停滯處，發出一聲磕碰木頭的悶響，他動手鏟開塵土。

慢慢來。天哪。他真的好累；倚在鏟柄上，他抬頭看望孩子，孩子還像稍早一般坐著，他便又彎身做工。不多久，他每鏟一匙土都需稍事休息，而他終於由泥塵中揭露的，是一片蓋覆房頂毛氈的層板。他循層板外緣鏟土，挖出一道約三呎乘六呎的木門，門板邊側掛了鎖的扣環用塑膠套捆綁起來。他停下歇息，牢牢握住鏟柄，前額靠上臂彎；再抬頭，孩子已站進庭院，距他僅幾呎之遠。孩子充滿恐懼；

153　長路

爸爸，別開門，他低聲說。

不要緊的。

拜託，爸爸，求你不要開。

沒有關係。

有，有關係。

他雙手握拳抵在胸前，出於恐懼，身體上下顛盪。男人放下土鏟摟抱他；過來，他說，我們到門廊上坐坐，休息一下。

然後就走了？

先坐一下再說。

好。

他倆披上毛毯坐下，視線拋向庭院，就這麼坐了許久。他嘗試向孩子說明，院裡葬的不是屍體，但孩子啼哭起來，哭了一會兒，連他也開始懷疑孩子想得對，坐著就好，我們不說話了。

好。

The Road　154

父子倆重新巡視大屋，找到一個啤酒瓶，一塊古舊窗簾碎布；他撕下碎布邊角用衣架塞進瓶口，說：這是我們的新燈。

怎麼點呢？

鐵皮屋有汽油跟機油，我帶你去看。

好。

來，男人說，不會有事的，我保證。

但他彎身探看孩子包掩在毛毯中的臉，非常擔心已然失落的，便無法再復原。

兩人出門，穿越庭院走進鐵皮屋。他將酒瓶擱在長凳上，取螺絲起子往機油瓶打個洞，又另打個稍小的孔加速油體滴流。他把燈芯拉出瓶口，灌倒機油至半瓶滿；過期的高黏度機油相當濃稠，天冷，油體有些結凍，所以倒了很久。他扭開汽油桶，拿種子包裝紙揉出一小條紙捻，灌入汽油後，拇指堵住瓶口搖晃一下酒瓶，又倒一些汽油在泥盤裡，破布燈芯重以螺絲起子塞回瓶中，然後從口袋掏出打火石和鉗子，拿火石摩擦鉗口鋸齒；試了幾次，他停手，朝泥盤灌入更多汽油。會起火喲，他說；孩子點點頭。在盤裡擦出火花，細碎火光低聲嘶響，綻放成烈焰，他伸

155　長路

手取來酒瓶,斜傾瓶身點燃燈芯,然後吹熄盤中火苗,向孩子遞出冒煙的火瓶;來,他說,你拿著。

做什麼?

用手護著火,別讓火熄了。

他起身自腰間拔出手槍,說:這扇門看來跟上次那扇很像,但其實不一樣。我知道你怕,害怕不要緊,可是我覺得門裡藏了東西,我們一定要進去看看。沒有退路了,這是最後機會,你得幫我;你要是不想提燈,就拿槍。

那我提燈。

好。是好人才得這麼做;好人鍥而不捨,不輕言放棄。

好。

他領孩子走入庭院,背後拖著濃黑的燈煙;把槍插回腰間,他撿起土鏟劈下層板上的扣環,讓鏟刀一角伸入環下撬剝,跪低身體握住掛鎖,將整套鎖具扭脫門板,拋進草堆,再把鏟刀撬進門縫,手指放到板下,起身將門抬高,塵土遂劈哩啪啦落上門板。男人看看孩子;你還好嗎?他問。孩子把燈持在身前,靜悄悄點頭。男人於是旋開門板,任其落入草坪。循二對十比例建造的簡陋階梯向黯黑降引,他

The Road 156

伸手向孩子要燈,開步下樓,隨即回轉,傾身啄吻了孩子額頭。

地窖糊水泥磚牆,漿灌水泥地鋪廚用瓷磚;兩張彈簧外露的鐵床各自憑倚一堵牆,床墊像軍用裝備曲捲在床尾。他回身看望孩子,孩子盤蹲階梯上方,讓火燈飄升的煙霧熏得不住眨眼。再下幾層階梯,他踞坐下來,舉燈向外送;喔天啊,他低聲說,我的天啊。

怎麼了,爸爸?

下來,天,你下來看。

罐頭食品一箱疊一箱。番茄,蜜桃,豌豆,杏桃,罐裝火腿,醃牛肉;幾百加侖清水分裝於十加侖塑膠方桶;紙巾,衛生紙,紙餐盤;塑膠垃圾袋裡塞滿毛毯。他舉手扶在額上,天啊,他說,然後回頭看望孩子;不要緊,他說,你下來。

爸?

157　長路

快下來，下來看看。

他把燈立在梯階上，上樓牽孩子的手；下來看看，他說，沒問題的。

你看到什麼？

什麼都有，什麼都有；你等一下會看到。他引孩子下樓，拾起酒瓶將火舉高；看見了嗎？他說，你看見了嗎？

這是什麼，爸爸？

是吃的；你看得懂嗎？

梨，那上面寫「梨」。

對，你說得對，天哪，的確是梨。

天花板僅有甲板夾層高，他低頭繞過覆綠金屬外罩的掛燈，牽孩子的手，一行行巡視積疊的彩印紙箱：紅番椒，玉米，燉菜，濃湯，義大利麵醬，這世界業已失卻的豐美。怎麼會有這些東西？孩子問，這是真的嗎？

是啊，是真的。

他拖過一方紙箱，撕開取出一盅蜜桃罐頭：有人認為日後用得上，才把貨品囤

藏起來。

可是他們沒用上。

嗯,沒用上。

就死掉了。

對。

那我們可以用嗎?

可以啊,當然可以。他們會希望我們拿去用吧,換做我們也會這樣想。

他們是好人嗎?

是啊,是好人。

跟我們一樣。

對,跟我們一樣。

所以沒有關係。

對,沒關係。

塑膠盒裡有刀具、塑膠餐具、銀器、廚具、開罐器,扭不亮的手電筒。他找出

另個盒子,裝蓄電池和乾電池,打開來一顆顆檢驗;大半都蝕壞了,滲露酸質黏液,但有幾顆看來是完好的。總算點亮一盞吊燈,他將燈安置桌上,吹熄酒瓶裡直冒煙的焰火,撕下紙箱折蓋搧走黑煙,才爬上階梯帶上窖門,然後回頭看著孩子說:晚餐想吃什麼?

梨子。

選得好,就吃梨子。

他由一疊裹塑膠套的紙碗中抽出兩個擱放桌面,在床板上鋪開床墊當坐墊,拆開紙箱取出一盅梨罐放在桌上,拿開罐器鉗住罐口,開始轉動滾輪。他望向孩子,孩子靜靜坐跪床板,身上猶披掛毛毯,直盯著他看。他想,這孩子恐怕還未說服自己信服眼前一切,畢竟,他隨時可能在潮黑樹林裡醒來。這會是你吃過最好的梨,他說,最好的,你等著。

兩人並肩坐著吃罐裝甜梨,其後再加一罐蜜桃;舔著湯匙、斜捧紙碗喝乾濃蜜糖汁,相互對望一眼。

再來一瓶。

The Road 160

我怕你吃急了會生病。

不會。

你很久沒吃東西了。

我知道。

好吧。

他把孩子放上床,為他蓋上毯子,撥順枕上髒黏的亂髮。爬上階梯推開門,天色已近全黑;他到車庫取回背袋,最後一次探看四周,走下樓梯帶上門,用鐵鉗把手拴緊門內厚重的勾環。電吊燈光芒漸弱,他搜巡藏貨,找到幾盒一加侖瓶裝瓦斯,拿出一瓶,在桌上扭開瓶蓋,用螺絲起子撬掉鐵皮封口,再取下頂頭的吊燈裝上;稍早他從塑膠盒裡找到幾枚打火機,揀出一枚把燈點亮了,略調火光後吊掛回去,才在床上坐下。

孩子睡著後,他開始有系統地點審藏貨;布衣,毛衣,棉襪,不鏽鋼臉盆,海綿,肥皂,牙膏,牙刷。一條布袋覆包兩把金幣藏塞在大塑膠罐底,罐裡填滿螺

栓、螺絲和各式五金器具。他倒出錢幣捏在手裡細看,最後還是盛回布袋,和五金器件一同收入膠罐,放回層架。

他檢視所有物件,將紙箱、木箱由窖室這頭移向那頭;窖底有扇鋼門通向另間儲放油桶的窖室;角落有座化學劑馬桶;牆上走纏覆鐵絲網的通風管,地面爬排水管。窖裡氣溫升高,他脫下外套,繼續審視一切藏貨,從而翻出一盒點四五自動槍彈匣,三盒點三〇來福槍彈殼,然而沒找到槍。他取電吊燈沿地表搜尋,又查驗牆面有無藏匿隔間,蒐驗一陣,坐倒在床上大啖巧克力棒;找不到的,地窖裡根本沒有槍。

醒來,頂頭勾掛的瓦斯燈約微嘶嘶作響,窖壁、紙箱和木箱浸浴燈光中,他未知身在何處。披蓋外衣躺著,他坐起看孩子在另鋪床上沉睡。上床前褪了鞋,而他全無記憶;由床底撈出鞋子穿上,他登爬階梯,將鐵鉗拔出勾環,抬起窖門朝外看。清晨時分。探看大屋後遠眺大路,他才想拉低門扉,突地凝止不動——昧灰天光落在西側;他倆睡盡一夜,又多睡了一天。他放低窖門拴緊,下樓靜坐床畔,張

The Road 162

看周遭物資;他已有就死的準備,卻又大難餘生,於今凡事都需重新考慮。任誰都會發現橫臥院底的窖門,並且猜出窖口的功能,他得謀思對策;這情勢與隱匿樹林不同,相差十萬八千里。最後,他立身到桌邊,拼組小巧的二口瓦斯爐,點火,揀出菜鍋和茶壺,打開塑膠盒取用廚具。

他用小型手搖磨豆機磨咖啡豆,吵醒了孩子,孩子坐起來,四下張望;爸爸,他說。

嘿,你餓了嗎?

我要上廁所,我想尿尿。

他捻鍋鏟引指窖底鋼門。儘管不知化學劑馬桶如何使用,還是先用再說;他倆不會停駐太久,除非必要,他不想開關窖門。孩子走過,髮絲因汗糾結;這是什麼?他說。

咖啡,火腿,餅乾。

哇嗚,孩子說。

他拖過一方儲物箱隔在兩張床中間，鋪上毛巾，擺上餐盤、茶杯、塑膠餐具，餅乾碗蓋著手巾，附一碟牛油，一罐煉乳，鹽，胡椒。看看孩子，孩子神貌迷醉；他從爐上取過菜鍋，叉一片焦黃火腿放入孩子盤中，由另只菜鍋舀出炒蛋和幾匙烘豆，兩碗茶杯各倒進咖啡。孩子抬頭看他。

快吃，他說，別放涼了。

先吃什麼？

這是咖啡？

想吃什麼就吃什麼。

對。看，像這樣，餅乾塗牛油。

好。

還好嗎？

不曉得。

不舒服嗎？

沒有。

那怎麼了?

你覺得,我們該感謝他們嗎?

他們?

留東西給我們的人。

喔。好啊,這我們做得到。

你來說?

我不會說。

你不試試看?

你會啊;你會說謝謝吧。

孩子端坐盯看餐盤,神情迷惑;男人剛想開口,孩子說:親愛的人,感謝你們留下食物和日用品。我們知道,這些東西你們是為自己儲存,若你們在場,不論多餓,我們絕不會爭食。很遺憾你們無法享用這些食糧,祝你們在天堂平安喜樂。

孩子抬頭;這樣說可以嗎?他問。

嗯,我想可以。

165　長路

孩子不肯獨自留待地窖,隨男人在草上來來回回;男人將桶裝水搬進大屋背側的浴室,又帶了小瓦斯爐和兩只鍋子,從塑膠桶取水加熱,再倒進浴缸。反覆花去許多時間,他希望結果暖和又美好。浴缸將滿,孩子褪衣,打著寒顫踏進水中坐下,枯瘦,汙穢,赤裸,雙手環護肩膀。室內僅亮著一圈帶蔚藍尖牙的爐火。感覺怎麼樣?男人說。

總算暖開了。

總算暖開了?

對。

哪裡學來的說法?

不曉得。

好吧;總算暖開了。

他洗淨孩子骯髒糾結的頭髮,拿肥皂、海綿為他洗澡,然後排掉汙水,取鍋裡淨澈的暖水淋洗全身,取毛巾包覆顫抖不止的身體,再用毛毯圍裹起來;梳整溼髮之後,他看著孩子,蒸氣若霧,由孩子周身散出。還好嗎?他問。

他洗完澡爬出浴缸，在洗澡水裡倒入清潔劑，用馬桶塞把兩人臭氣沖天的牛仔褲壓進水底。準備好了？他說。

嗯。

快！

等我一下。

腳好冷。

他調動瓦斯開關，到爐火啪啦一聲熄滅，才打開手電筒放置地上；兩人坐在浴缸邊穿鞋。穿完，他把鍋子、肥皂交給孩子，自己攫起爐具、小瓦斯桶、手槍，父子倆披覆毛毯穿越庭院回到窖倉。

他組起煤氣小火爐，兩人拿塑膠杯喝可口可樂，過了一會兒，他走回大屋擰乾牛仔褲，帶回地窖晾掛起來。

他倆對坐床板，中間擺一盤棋，各自穿上簇新毛衣、新棉襪，包擁新淨毛毯；

我們可以留多久哪，爸爸？

不能太久。

167 　長路

那是多久?

不知道;再一、兩天吧。

這裡很危險。

對。

你覺得,那些人找得到我們嗎?

不會,他們找不到。

可能找得到。

不會;一定找不到。

孩子睡下後,他回大屋拖些家具放上草皮,另拉一床睡墊掩遮窖口;從門內把睡墊拉上層板,小心翼翼關上,教墊身完全蓋覆窖門。算不上妙計,至少聊勝於無。孩子睡了,他靜坐床邊,就著吊燈用小刀削樹枝成假子彈,仔仔細細裝進彈膛空槽,然後重新修整一番。他拿小刀雕塑彈頭,用鹽磨光,再取煤灰將子彈染成鉛色;五發都完成了,一顆顆填入彈槽,喀啦扳上彈膛,翻轉槍身細看——這麼近距離檢視仍很逼真。他放下槍,起身觸看飄掛暖爐上空、正冒著氣的牛仔褲。

The Road　168

他留過一小把空彈匣,卻隨其他物件丟了;當初該收進口袋的,如今竟連一柄都不剩。也許改填點四五彈匣,如果拆卸時沒有碰壞,導火管可能合用;然後拿美工刀削減彈頭尺寸。他起身最終一回巡看藏貨,其後調弱燈火,燈焰啪答轉滅;啄吻孩子之後,他緩緩爬入另張臥鋪的潔淨毛毯,抖顫著,就暖爐播散的橘紅光線再次顧盼這方小小樂園,而後沉沉入睡。

小鎮荒廢數年,兩人謹謹慎慎穿行髒亂大街,孩子緊握他的手。經過一只鐵皮垃圾桶,桶內有焚屍,除卻頭骨外形,濡溼煙灰藏掩的焦黑肉骨,怕已特徵盡失;連氣味都散佚了。街底有市場,疊布空箱的廊道停放三部金屬購物車,他檢看一遍,拉開一部,蹲下試轉車輪,然後起身循過道推一趟。

我們帶兩部車,孩子說。

不行。

我可以推一部。

你的工作是偵察,我需要你做我的耳目。

那麼多東西怎麼辦?

169　長路

能帶多少就帶多少。

你覺得會有人找上門?

對,總有一天。

但你說沒人找得到我們。

我沒說永遠找不到。

真希望可以住下來。

我知道。

我們小心一點就好。

我們是很小心哪。

如果是好人來呢?

我不覺得路上有好人。

我們也在路上啊。

我知道。

時時小心是不是代表你一直很害怕?

夠怕才懂得謹慎,才會小心、機警。

平常你就不怕了?

平常。

對呀。

我不曉得。說不定永遠都該保持警醒;如果災難總在最無預期的時候出現,對策大概是無時無刻等待它降臨。

你隨時在等待嗎,爸爸?

是,但有時會忘記留心。

瓦斯燈下,他放孩子坐上儲物箱,拿塑膠扁梳和剪刀修整頭髮;為了修得好看,費去不少時間。修完,他取下孩子肩上毛巾,撿拾地面金髮,用溼布抹淨孩子肩臉,端鏡子教他瞧瞧。

爸,你剪得很好。

那就好。

我看起來好瘦。

你的確很瘦。

他替自己剪髮,結果不太好看;用剪刀削理鬍鬚同時,身邊熱著一鍋水,理畢,再用安全剃刀刮臉;孩子在旁凝視。完工後,他端視鏡中的自己,好像沒了下頦。他轉向孩子:看起來怎麼樣?孩子偏斜著頭:不曉得,他說,這樣會冷嗎?

兩人享用一頓豐盛的燭光晚餐;火腿,豌豆,薯泥,餅乾,滷汁。他找到四夸脫陳年威士忌,還包在購物紙袋裡;揀玻璃杯摻水淺嘗一點,不及飲盡已感覺暈眩,便決定停杯。他們吃蜜桃跟奶油餅做甜點,然後啜了咖啡。他把紙盤、塑膠餐具倒進垃圾袋,父子倆下了盤棋,才送孩子上床睡。

夜裡,劈哩啪啦落降的雨聲有擋覆窖口的睡墊稀釋,他仍驚醒;猜想雨勢必定很急。他下床拎手電筒上樓,抬起窖門,放燈投向庭院;大雨滂沱,院落已淹沒。他關上窖門,雨水滲入門縫沿階滴流,但地窖本身應是密閉的,不至透水。回頭察看孩子,孩子一身大汗;男人幫他拉開一條毯子、搵搵臉,調弱了暖爐又回床上睡。

The Road 172

再醒來，覺得雨停了，但這並非他轉醒的理由。夢裡來過以往未嘗見過的物種，逕自沉默無語；酣睡時蜷踞床畔，甦醒便潛行遁跡。翻身看望孩子，興許他第一次明白，自己於孩子確為異形，出自不復存續的星球，所來之處，傳奇俱不可信。他不能僅為取悅孩子編造一方既失的世界，卻不同時編派敗落；或許，孩子較他透悉這層道理。他嘗試回溯夢境卻未成功，僅餘夢寐感知。或許那怪物來捎警訊，然而警示什麼？無能自孩子胸臆激發的，在他心底也成灰燼；而今，他心頭有個角落，情願他倆未曾遭此歸宿，不斷渴盼眷遇的終結。

他確認關緊瓦斯閥口，掉轉儲物櫃上的爐具，坐下拆解。調鬆底盤螺絲，移除配件，用小扳手拆脫兩盤爐口，斜傾填裝五金器件的塑膠罐，揀出螺栓穿入組件裝備鎖緊，接上瓦斯管，手裡托著窄巧的生鐵爐，又小又輕盈。他把鐵爐擱在櫃上，帶過鐵板放進垃圾袋，上樓觀看天候。窖口睡墊吸附大量雨水，不容易抬開；他將門扛在肩上探看天光，窖外微飄細雨，看不出是哪一個時辰。他看向大屋，眺望溼潤的野地，落下窖門，下樓準備做早餐。

173　長路

他俩整天吃吃睡睡；他原先計劃要走，大雨卻為暫留提供充分藉口。購物推車泊入鐵皮屋。今日不會有人上路。他們細細檢查藏貨，取帶得走的，在窨倉一角疊成工整方塊。白日促短，幾乎不及一日；入夜雨停了，兩人推開窨門，著手捧拎紙箱、包裹、塑膠袋穿過潮溼院落，在鐵皮屋裝填購物車。漆黑庭院裡，窨口微微發亮，像墳塚豁開，古老末世圖景中的終極審判日。推車載滿了，捆上塑膠防雨布，索扣用橡皮繩緊繫網籃，父子倆後退一步，藉手電筒檢視車身。啖過晚餐，應該留下舊推車上的機車後照鏡。應該拆下另兩部購物車的車輪，然而為時已晚；父子倆後睡到天亮，醒了用海綿擦澡，借水槽淋溫水洗頭，吃早餐，戴上床單剪的新口罩，隨第一道晨光上路；孩子握掃帚超前，沿路清理斷幹殘枝，男人伏向推車把手，看大路在兩人眼前沒入盡頭。

購物車太重，不好推入溼漉漉的林地，兩人在大路中央午餐，煮了熱茶，拿最後一瓶罐裝火腿配脆薄餅，佐附芥末和蘋果醬；背靠背望向大路。爸，你知道我們在哪裡嗎？孩子說。

大概知道。

多大概？

嗯，距海岸兩百哩吧；循荒鴉的道路。

循荒鴉的道路？

對，直線距離的意思。

所以快到了嗎？

快了，但沒那麼快；我們不能循荒鴉的道路。

烏鴉不必沿路走。

對。

烏鴉自由自在。

對。

你覺得世上還有烏鴉嗎？

不曉得。

你覺得？

我覺得呢？

我覺得不太可能。

他們飛得到火星之類的地方嗎？

不行,飛不到。

太遠了?

對。

就算很想也飛不到。

如果飛到半路太累,會掉回地面嗎?

嗯,不可能飛到半路,半路是外太空,外太空沒有空氣,根本不能飛;而且外太空太冷了,烏鴉會凍死。

喔。

反正他們不知道火星在哪裡。

那我們知道嗎?

大概知道。

假如有太空船,去得了火星嗎?

嗯,假如有很好的太空船,又有人幫忙,應該能去。

那裡會有食物跟日用品嗎?

沒有，那裡什麼也沒有。

喔。

他們坐了很久，在摺疊的毛毯上眺看大路兩端。平靜無風，什麼也沒有。過了一會兒，孩子說：沒有烏鴉了對不對？

沒有了。

只剩書裡有。

對，只剩書裡的。

我不信。

要走了嗎？

好。

兩人起身，收拾茶杯和剩下的薄餅；男人將毯子疊覆購物車頂，拉緊防雨布，之後看看孩子。怎麼了？孩子說。

你想過我們快死了。

對。

但我們沒死。

對。

好。

可以問個問題嗎?

可以啊。

如果你是烏鴉,會飛很高去看太陽嗎?

嗯,會。

我想也是;真是太棒了。

是啊。走了?

好。

他停下腳步⋯你的笛子呢?

我丟了。

丟了?

對。

好吧。

好。

蒼灰、漫長的黃昏，他倆沿橋渡河，越過水泥圍欄下，望遲緩水流自腳下經過；下游飄飛煤灰的塵霧像黑紙簾幕，勾有一座焦城的輪廓。入夜，兩人推沉沉購物車爬長坡，又看見焦城一次；他們停步歇息，男人把推車轉橫，防止車輪在路上滑滾。兩張口罩都敷上了泛灰唇形，眼窩圍染黑灰；他倆靜坐在路旁煙塵裡，朝東看焦城形影在漸次降臨的黑夜中暗糊。不見光亮。

爸，你覺得那裡有人嗎？

不曉得。

什麼時候休息？

現在就行。

在斜坡上？

我們把推車靠石頭放倒，用樹枝蓋起來。

這裡適合紮營嗎？

嗯，人都不喜歡在坡道上逗留，而我們也不想有人逗留，所以滿適合我們。

應該是。

因為我們很聰明。

嗯，別太自作聰明。

好吧。

好了？

好。

孩子起身取掃帚橫在肩上，注視著父親；我們的長程目標是什麼？他說。

什麼？

長程目標。

哪裡聽來的說法？

不曉得。

不行，哪裡聽來的？

你說的。

什麼時候？

很久以前。

後來怎麼回答？

我不知道。

好,我也不知道。走吧,天黑了。

隔天向晚,他倆繞過一處彎路,孩子停步,手安在推車上。爸,他悄聲說。男人抬頭,大路遠處一抹矮小的身影,佝僂且蹣跚。他斜倚著購物車把手;會是誰呢?他說。

怎麼辦,爸爸?

可能是誘餌。

我們該怎麼辦?

跟他走一段;看他會不會轉身。

好。

旅者並不回頭;他倆尾隨一會兒,趕上了他。是個老人,瘦小、背駝,負一只老舊的軍用帆布袋,袋口橫綁一捆毛毯;他取一柄去了皮的樹枝做手杖,沿路拍拍敲敲。老人瞥見他倆,才讓到路邊回看,警醒地等著。他頰下繫一條髒毛巾,像正

181　長路

鬧著牙疼；即便新世界落拓如是，他的體味仍算非常難聞。

我什麼都沒有，他說，你們想搜就搜。

我們不是強盜。

老人斜傾一耳向前，大喊：你說什麼？

我說我們不是強盜。

那你們是誰？

他倆無話可答；老人提起手腕背側擦抹鼻頭，枯站著等。他沒穿鞋，雙腳裹覆破布、紙板，用綠麻繩繫捆在一起，一層層髒舊衣物藉布面裂口或破洞現露出來；雲時，他彷彿又萎縮了一點。老人靠附手杖，屈低身體落向路面，一手蓋覆頭頂坐進煙塵裡，狀似一疊翻落推車的碎布，他倆上前低頭探他；先生，男人說，先生？

孩子蹲下，伸手安在他肩上；他嚇壞了，爸爸。

他舉頭探看大路兩側，說，假若有埋伏，就得讓他先走。

他不過嚇壞了而已，爸爸。

告訴他我們不會害他。

老人左右擺頭，手指緊緊纏握骯髒的髮絲；孩子抬臉望向父親。

他可能以為我們是幻影。

他把我們想成什麼?

不知道。

該走了,我們不能在這逗留。

他很害怕,爸爸。

你最好別碰他。

要不我們給他點東西吃。

他遠望大路,輕聲譴咒,天!然後低看老人一眼——說不定這老傢伙會羽化成仙,而他倆會化成樹。好吧,他說。

他解開防雨布向後翻,撥查罐裝食品,找出一盅綜合水果,由衣袋取出開罐器畫開瓶口,折開鐵蓋,走近來蹲下,把罐頭交給孩子。

湯匙呢?

不用湯匙。

孩子接下鐵罐遞給老人;來,他輕聲說,這個給你。

老人睜抬雙眼望著孩子,孩子以鐵罐做個手勢,姿態彷若餵食路旁傷損的兀鷹;不要緊的,他說。

拿去,孩子說。

老人收回覆置頭頂的手,眨巴著眼睛,灰藍眼瞳半掩在薄脆、黝黑的皺紋裡。

他伸出乾瘦如柴的手指取下罐頭收在胸前。

吃吧,孩子說,很好吃;他用手給出傾倒瓶身吃食的暗示,老人低頭盯看鐵罐,使力握緊朝上舉,皺皺鼻頭,纖長發黃的手指沿罐壁胡亂扣抓,終於傾斜罐身喝了,糖汁循汙穢長鬚滑下。他放下鐵罐吃力咀嚼,吞嚥時頭頸一個抽扭;爸,你看,孩子悄聲說。

看到了,男人回答。

孩子回眼望他。

我知道你想問什麼,男人說,答案是不可以。

我想問什麼?

他能不能跟我們走?;不行。

我懂。

你懂。

對。

好。

可以給他點東西吃嗎?

先看他情況怎麼樣。

兩人顧看老人進食;吃食完畢,他環握空罐垂坐,低頭看望罐底,像寄望更多食物冒升。

你想給他什麼?

你覺得可以給他什麼?

我什麼也不想給;所以你想給他什麼?

我們開火煮東西,他跟我們一起吃。

你說紮營停宿。

對。

他低頭望向老人,老人望著大路。好吧,他說,但我們明天就走。

孩子不答話。

我只能答應這麼多。

好吧。

說好就是定了,明天不許討價還價。

什麼是討價還價?

就是要求更多、重做結論。明天不准再求,今天說定了就是結論。

好。

好。

他倆扶老人起身,將手杖遞還給他,感覺老傢伙不足百磅重。他朝四下猶疑張望,男人接過他手上的空罐甩進樹林;老人想把枴杖也交給他,卻被撥開了。最後一次吃東西是什麼時候?他問。

不曉得。

你不記得了。

我剛剛吃完。

要不要跟我們一起吃飯?

The Road 186

不知道。

不知道？

吃什麼？

燉牛肉吧，配餅乾，跟咖啡。

那我拿什麼換？

告訴我們舊世界躲到哪去了。

什麼？

不必換。能走嗎？

可以。

他低頭看看孩子，說，是小男孩嗎？

孩子望向父親。

看起來像什麼？孩子的父親問。

不曉得，我看不清楚‥

看得見我嗎？

看得出有人。

好，那走吧。他盯住孩子，說，別牽他的手。

他看不見。

不許牽手。走吧。

去哪裡？老人問。

去吃東西。

老人點頭，推出手杖朝路面試探地敲敲拍拍。

你幾歲？

九十。

不對。

好吧。

你對誰都這麼說嗎？

誰？

別人。

是吧。

這樣人家才不會欺負你。

對。
有用嗎?
沒有。
背包裡裝什麼?
沒什麼,你可以看。
我知道,可裡面到底有什麼?
沒什麼,就一點東西。
沒吃的?
沒有。
你叫什麼名字?
以利。
姓呢?
以利。
只叫以利不行嗎?
可以。走吧。

他們露宿林地，落腳處距大路之近，遠勝他願預期。他拖著購物車，孩子尾隨在後穩住車身方向；兩人生火予老人取暖，儘管他心底並不情願。三人吃過晚餐，老人獨自穿裹被單，學小孩扣咬湯匙；僅有兩個杯子，他捧飯碗喝咖啡，兩隻大拇指勾扣碗口，如佛陀忍飢受餓、衣衫襤褸，雙眼盯視炭火。

我們不能帶你走，懂吧，男人說。

他點頭。

上路多久了？

一直在路上；不能停下來。

怎麼過活？

就是往前走。我早知會有這天。

你早知有這天？

嗯，早知會是這種情況，從來不懷疑。

有沒有預先做準備？

沒有。怎麼準備?

不曉得。

人老想為明天做準備,我不來這套。明天不會為人做準備,明天根本不知世上有人。

你說得對。

就算預做安排,事到臨頭還是無所適從;不會知道自己想怎麼做。成了最後倖存者如何?自我了結又如何?

想死嗎?

不會;但有時會想:要是已經死了多好。只要還活著,就得一路向前。

會不會想沒出生多好。

乞丐做命哪有得挑。

不想出生也算要求太高?

生都生了;世道如此,奢求反而愚蠢。

說得是。

人都不想出生,也不想死。他抬頭看望火堆另側的孩子,其後回看男人;男人

191 長路

見他細小雙眼借火光注視自己，不知他將看出什麼。他起身往火裡疊送更多枝柴，枯葉堆中把火炭耙攏；一個震顫，亮紅火星飄升，往暗黑虛空殞逝。老人飲盡咖啡，把飯碗擺置身前，探出雙手屈身向火；男人注看他一舉一動。怎麼知道自己是最後倖存者，他問。

我想不會有人知道；是就是了。

不會有人知道。

知不知道也沒有差別；假若死了，也跟他人的死沒有兩樣。

上帝知道，對吧？

沒有上帝。

沒有嗎？

世上沒有上帝，你我都是先知。

我不懂你怎能活下來，你都吃什麼？

不知道。

不知道？

有人賞我東西。

The Road 192

有人賞你東西?
對。
吃的。
嗯,吃的。
胡扯。
你就賞我東西吃啦。
不是我,孩子賞的。
路上還有人,不止你們。
你一個人?
老人眼色突轉機警;什麼意思?他說。
有沒有同夥?
什麼同夥?
任何同夥。
沒有同夥;你亂講什麼?
我說你;你在執行什麼任務?

老人不語。

你想跟我們一塊走。

跟你們。

對。

你們才不帶我走。

你不想跟我們走。

若不是餓，我才不同你們走這一段。

賞你東西吃的人在哪？

沒人賞東西吃，我編的。

你還編了什麼？

我跟你們一樣在路上逛，沒什麼不同。

你真叫以利？

不是。

不想說出真名。

不想。

為什麼?

我不信任你,不想你濫用我名號,我不想被提起。我不要有人說看過我,不有人描述我說過什麼;要是你對人談起我,才不會有人知道你說的是我,我只是路人;這時節,愈少人提愈好。假若你我劫後餘生在大路上相遇,或許有話可談,但我倆並非如此,就都別說了吧。

不說也好。

你是不是不想當孩子的面說。

你不是團匪設的誘餌吧?

我什麼都不是。你要我走我就走;我能找到路。

不必了。

我好久沒看過火,如此而已;我的過法活像禽獸,你不會想知道我吃些什麼見那孩子我還以為自己死了。

你以為他是天使?

我不曉得他是什麼,只是沒想到還能看見小孩,沒想過會遇上這種事。

要是我說他是神呢?

195　長路

老人搖頭。這些我早看透，想通好幾年了；人活不了的地方，神也不會好過。你看吧，終究是孤伶伶的好；但願你說的不是真話，與末世真神同路是很可怕的，我寧願你言過其實。沒人作伴才是好事。

真的？

當然。

對誰好？

對誰都好。

是，對每個人都好，活著比較不費力。

謝謝你的忠告。

我說真的。咱們全過去那天，天地空無一人，而死神還會繼續點數時日；他會無所事事在路上晃逛，縱使有事也找不著人運作；他會說，都上哪兒去了哪？這就是終局；有什麼不好？

清早，三人旁立大路，他與孩子爭辯該留哪些東西給老人；最後老傢伙收穫不

多,僅有幾瓶罐裝蔬果。孩子索性蹠到路邊坐進煙塵;老人將鐵罐收入背袋,縛緊束繩。你該謝他知道嗎?男人說,我自己可不會給你什麼。

或許吧;也許不謝較好。

為何不謝?

要我也不會給他什麼。

傷他的心你也不管嗎?

他會傷心嗎?

不會;他不是為了聽你謝他。

那他為什麼?

他投望孩子,孩子看望老人。你不會懂的,他說,只怕我也不懂。

說不定他還信神。

我不知他信什麼。

都會過去的。

不會過去。

老人靜默無語,逕自環顧四下天光。

197　長路

不祝我們好運嗎?男人說。

我不懂那是什麼意思;好運長什麼樣子,誰知那是什麼東西?

其後各自上路;他再回看,老人拄著手杖出發,沿路敲敲拍拍,身形在他倆背後緩緩聚縮,像故事書裡的遠古裨販,沉鬱、佝僂、纖瘦如蛛,不多久便消逝無蹤,永不復返。孩子始終未嘗回頭。

過午,他倆順路面鋪上防雨布,坐下啖冷食作午餐。男人細看孩子,說,不說話嗎?

要啊。

你不開心啊。

我沒事。

斷糧之後,你會有更多機會思索。孩子不搭腔。兩人默默進食。孩子回望大路,過了一會兒,說:我懂你的意思,只是,我回憶的方式一定跟你不同。

或許吧。

我沒說你做錯。

就算你心裡覺得我錯也不會說。

沒關係。

是啊,男人說,畢竟,這時節,路上沒什麼好事。

你別嘲諷他。

好吧。

他快死了。

我知道。

要走了嗎?

嗯,男人說,我們走吧。

深夜隨冰冷、鬱黯的咳聲轉醒,他一直咳到前胸刺痛,才屈身向火,吹燃餘炭,添放新柴,起身踱離營地,前趨火光盡頭,肩背環裹毛毯跪進枯葉、煙塵;不多久,咳意也平息了。他想起在世上某個角落晃蕩的那老頭,視線穿越墨黑樹柵回看營地;但願孩子已重新入睡。他跪坐著,微微氣喘吁吁,雙手直扶膝上;我要死

了，他說，告訴我怎麼了斷。

■

隔日，兩人跋涉長途直至暮色降臨，他猶未尋著合宜生火的安全落腳處。從推車中提出瓦斯桶，直覺好輕，定坐下來推開閥口，發現氣閥早已鬆動，扭轉爐火開關，毫無動靜；他傾身伏在爐上細聽，再次撥弄相連的兩只氣閥，然油氣已空，只能蹲踞一旁，兩手交疊成拳抵在額上，雙眼低垂。幾個片刻過去，他抬起頭，靜坐著注視冷硬、漆黑的樹林。

父子倆冷食玉米餅配罐裝熏腸青豆做晚餐，孩子問瓦斯怎會這麼迅速燒完，他只說事實如此。

不是說撐得了幾個星期？

對。

結果才幾天而已。

The Road　200

我說錯了。

他倆靜默吃食,稍過一會兒,孩子說:是我忘了關閉氣閥對嗎?

不是你的錯;我也該仔細檢查。

孩子在防雨布上放下餐盤,視線投向遠方。

真的不是你的錯;記得同時關閉兩只氣閥不容易。況且,瓦斯管也該封鐵氟龍膠防漏氣,我沒處理。是我的錯,我忘了提醒你。

根本沒有膠帶封瓦斯管吧?

不是你的錯。

兩人繼續曳步向前,形貌細瘦、汙穢如街井毒蟲;為對抗天寒,頭頸包覆毛毯,吸吐成煙,在烏茸若絲的漂堆物間蹣跚行走。橫渡寬闊沿海平原,拂吹不息的強風催他倆隱入嚎噓不止的塵霧,從中探尋安身處所,於廢屋、糧倉、大路邊溝側坡中,拖布毯包蓋過頭;正午天色亦如地獄牢窖漆黑。寒氣刺骨,他把孩子摟近身邊;別灰心,他說,會沒事的。

剝蝕成溝的大地貧瘠不毛，蝕土上枯骨蔓伸，叢聚的廢棄物形象難辨。田野間，農舍牆漆剝落，壁板彎折，迸離骨架；萬物面目模糊，了無殘影。大路斜降，破穿的密林枯藤蔓雜，繞經溼沼，則見水面覆滿枯朽蘆草；原野外緣，陰灰霧幕蓋覆地景，同時籠蔽穹蒼。向晚，天始降雪，他倆披掛防雨布持續前行；溼雪窸窣作聲，落降塑膠遮布。

接連幾週他極少入睡。一日清早醒來，孩子不在身邊；他擒槍坐起，然後起身去尋，但視線內並無孩子蹤影。他穿鞋踱到林木外緣；東向晨光蒼涼，詭異日光正踏進當日清冷的航路。他見孩子飛奔著畫穿田野：爸爸，他喊，樹林裡有火車。

火車？

對；你來看。

真火車？

對。

你沒上車吧？

沒有；只上去一下下。快來看！

The Road　202

車上沒人?

沒人,應該沒有。我看了馬上跑回來叫你。

引擎還在?

在,大柴油引擎。

父子倆於是穿過原野跛入對邊林木。鐵道循郊野低降延展,攀附旁築護堤的小丘,然後畫越樹林。火車頭藉柴油引擎發電帶動,附掛八節不鏽鋼客座車廂。牽起孩子的手,他說,我們坐著觀望一下。

兩人落坐路堤靜待,絲毫未見動靜。他把手槍交付孩子;孩子說,你帶著吧,爸爸。

不行,我們說好了;你拿著。

孩子接過槍安在腿上默坐。男人朝右走,立定腳步端視車身,再跨越鐵道跛向車廂另側,沿車體徒步巡索,最後現身末節車廂尾端,揮手招呼孩子;孩子起身,將槍插入腰帶。

203 長路

車裡一切皆蒙覆煙塵，廊道裡穢物散布，座椅上衣箱大開，當是許久前，便教人由車頂置物架翻抬下來。他在頭等廂找到一疊紙盤，吹落盤面灰塵後收入衣袋，成了此行唯一的收穫。

火車怎麼開到這裡呀，爸爸？

不曉得；大概哪個幫夥試圖開車往南走，開到這裡沒油了。

停很久了嗎？

嗯，應該有段時間了。

他倆穿巡最後幾節車廂，再沿鐵軌蹓回車頭，登上車頂狹道；道上盡是鐵鏽、落漆。他們擠入駕駛艙，男人吹散駕駛座上的塵灰，將孩子安置進去；操縱機制很單純，除卻推拉氣動桿幾乎無事可做。他擬造火車前駛的音響與鳴笛聲，不知此等諧仿於孩子是否有意義。玩弄一會兒，父子倆倚傍塵沙積染的車窗，眺望鐵軌逶向拋荒草場蜿蜒遠去；即便眼下疊映的視野殊異，他倆的認知並無不同——這火車會滯停此地，循永恆進程緩慢崩解，世界再不可能見識火車快飛。

走了嗎，爸爸？

The Road　204

好啊…；當然。

路旁不時出現小石堆，這是吉普賽符碼，遺落的私密訊息。距他初次逢見這類密碼已有好一段時間，北地相當普遍，由劫淨、耗竭的城都朝外鋪排，盡是寄予摯愛的絕望信息，而摯愛已逝，或相互落失。其時存糧散盡，人間殺戮四起；舉世惡棍充斥，俱能當人臉面吞啃其骨肉；城鎮教惡名昭彰的匪幫盤據，他們朝廢墟開道，在灰白如齒、虛蒼若眼的殘骸、碎屑中翻爬、出沒，拿尼龍網袋提裝外觀焦黑難辨的罐頭食品，宛如遊蕩地獄商場的採購者。細軟黑沙沿街翻滾，若烏賊噴墨順海底鋪展；寒天襲緩，黑夜降早，拾荒者攜火炬渡越險峻裂谷，飄飛煙塵中，其踏落的鞋印牽附毛邊，默隨人後蓋閉如眼。大路上，旅者虛竭、傾倒、死去；蒼涼荒蔽的大地迴旋著，與白日錯身又返回原點，運行猶似太古晦夜中，任一無名星球的律動，杳無行跡，乏人留意。

步抵沿海之前許久，他倆便耗盡存糧；而郊野早幾年已被剝乾掠淨，路旁民房、建物再搜榨不出什麼。他從加油站翻出一落黃頁電話簿，取鉛筆就地圖記下所

在城鎮名號，父子倆落坐建物正面的行人道邊沿，嚼著鹹餅，索尋小城在圖上的落點，但遍尋不著。他重整地圖碎片再尋一回，終於找到了指給孩子看。他們的位置較他原先設想的偏西五十哩，他在圖上壓畫直槓作記，說，我們在這裡。孩子指繪向海路徑，問，我們多久能到？

兩週；或者三週。

藍色的嗎？

你說海？我不曉得；以前是藍的。

孩子點頭，靜靜坐著查看地圖，男人靜望著他。他明白孩子何以如此，小時他也曾這麼細究地圖，指尖標點居止的市鎮，若似翻黃頁冊搜索家人名氏，便能確認自族歸附群體，萬事皆有所屬。能確認自己合理地存在。走吧，他說，該上路了。

傍晚開始降雨，他倆偏離大路，走上橫越林野的泥坤道，借一幢小屋過夜。小屋敷水泥地板，底牆排立幾只空鋼桶；他拖過鋼桶抵實大門，就地生起一團火，再撿軋平的紙箱鋪成床。雨點整晚咚咚灑落鋼皮屋頂，他再轉醒，團火將熄，周遭空氣陰冷，孩子覆毛毯坐著。

怎麼啦?

沒事,我做噩夢了。

夢到什麼?

沒什麼。

還好嗎?

不好。

他伸手環抱孩子,說,沒事了。

我一直哭,你都不醒。

對不起,我太累了。

我是說夢裡。

清早睡醒,大雨已停,他諦聽積水緩緩滴落,在硬冷水泥上偏轉腰臀,穿透牆板縫隙看望灰撲撲的郊野。孩子猶睡著,雨水沿地落聚成灘,水面有小氣泡浮升、划蕩,再復消滅。他們曾在山間小城中一處類似的屋舍落腳,像這樣聆聽雨聲。那城有Ħ老式藥房,店內設黑大理石吧臺桌和鉻黃色高腳椅,裂損的塑膠椅墊拿電氣

207　長路

膠帶封補。藥品部早給洗劫一空，附設賣場竟完好無缺，昂貴電器在架上絲毫未損。他立定環視店鋪；雜貨，日用品，這是什麼？他挽起孩子的手朝外走，但孩子已然看清：吧臺桌底端，一籠蛋糕蓋下掩著人頭，乾巴巴頂著鴨舌帽，枯皺雙眼朝內翻轉，情態抑鬱。那人想過自己會有這天嗎？想必沒有。他起身跪坐火邊呼吹炭火，拖動燃盡的柴板邊端，將火重燃起來。

你說世上還有其他好人。

對。

在哪裡？

躲起來了。

躲誰？

躲彼此。

好人多嗎？

不曉得。

總之還有幾個。

對,還有幾個。

你說真的?

當然是真的。

也可能不是真的。

我相信是真的。

好吧。

我不信我。

你不信我。

我信啊。

好吧。

我永遠信你。

不盡然。

是真的;我得信你才行。

他們踏越泥濘,下坡踱回高速公路。沿途,雨水播散泥土與溼塵氣味;大路邊溝盡冒烏水,上承鐵製排水管,下導聚水潭。一頭塑膠鹿杵在庭園間。隔日向晚,

他倆步入一座小鎮，三個男人從卡車後晃出來攔遮去路，個個形容削瘦，衣衫襤褸，掌裡擒著水管。籃裡裝什麼？他掏槍瞄準三人，那幫夥立定不動，孩子箝緊他外衣。無人發話。他重新推動購物車，幫夥退入路旁；孩子接過推車，他舉槍對人倒退著走，竭力教自己看似一般亡命殺手，胸口一顆心卻咚咚狂擊，喉頭也竄出咳意。其後幫夥聚回大路中央靜立觀望；他把槍掛回腰間，轉身接手購物車，至攀上小丘頂回身一看，三人猶佇立原處。他讓孩子推車，自己穿越一方院落，走近能看清楚來路的位置，幫夥卻消失無蹤了。孩子極度受怕；他把手槍安在包覆推車的防雨布上，接過購物車，兩人繼續向前。

父子倆趴守林野，直至黑夜臨降、遮護大路，仍未見來人經過。天極冷，黑暗全然遮斷視線後，他們拖購物車跌跌撞撞回返大路，取出毛毯裹包全身，然後重新出發，憑腳底磨觸鋪面探路。一只推車輪不時發出嘎吱聲，他們無能調整；掙扎跋涉數小時後，兩人費勁鑽過路邊蔓生的灌木，筋疲力竭癱躺在冰冷泥地上發顫，沉睡到天亮。醒來，他病了。

他渾身發燒，兩人像亡命之徒臥躺林地。無處生火，舉目各處皆不安全。孩子席坐枯葉護看他，眼角潮潤，說：你會死嗎，爸爸？你快要死了嗎？

沒有，我只是病了。

我很害怕。

我知道。不要緊的，我很快就好了；你看著。

■

他的夢又明亮起來。退逝的世界再度回返；凋亡親族如潮浪湧現，斜睨著他，灰鬱的天，他靠站窗畔俯視大街，身後立一張木桌，桌面燃燈，形態巧小，周遭書、紙散置；下雨了，街角小貓轉身踏過行人道，移坐進咖啡廳篷下，一旁的咖啡桌邊，一個女人伸手支抱頭臉。許多年後，他站進焚毀若炭的廢棄圖書館，見熏黑書冊癱浸水窪，而架櫃傾覆，揣想齊列、就織書間的成千謊言，不由發激此許怒氣。他拾起一本書，速速翻閱積腫、沉厚的內頁。過去，他從未體識枝節小事有昭揭未

來的價值,而今卻赫然明白,眼前雜物錯置的這方空間,本身就是一則預言。他拋落書本,最後環視這片場景,逕朝外往涼寒、昧灰的天光走去。

接連三天,或四天,他睡得極淺,不斷教磨人的咳聲喚醒,尖聲抽吸著空氣。

對不起,他對嚴酷的黝黑開口;不要緊,孩子說。

■

他點燃小油燈安在石塊上,裹覆毛毯起身,蹣跚穿行遍地枯葉。孩子輕聲嚷他別走;只一小段,他說,不會太遠,你喊我我聽得見。倘若油燈熄滅,他便找不著回來的路。坐進山頂落葉,他拋望黑夜,黯黑中萬事隱匿,連風也歇停。過去,他若像這樣遠離營地,靜坐遠探郊野最淡薄、糊塗的形貌,而隱沒的月光正點巡大地尖蝕的廢棄品,他偶能看見光;在鬱暗中隱約變幻形體,在河對岸,或在焚盡、焦黑的扇形廢城底部潛行。有些清晨,他拎望遠鏡重返觀測處,審視郊野,試圖探尋吹飄的煙跡,卻從無所獲。

The Road 212

冬野外緣,他雜在一幫魯野男人之間,約莫還是孩子的年歲,又或稍大一點。他看男人取十字鎬、鶴嘴鋤,翻挖邊坡石地,引出一大團毒蛇,數量怕有上百條,窩聚在地底相互取暖。尖冷日光下,牠們僵直的身軀緩緩貪懶蠕動,好似巨獸肚腸突見天日。男人朝蛇群潑灑汽油,活生生就牠們軀體點火,像遍尋不著萬惡解藥,只好著手殲滅假想的邪惡化身。蛇本喑啞,過程了無苦痛呻吟,其中幾條掙扎著爬過洞底,點燃的蛇身瘋狂扭動,男人也以同等靜默見證蛇體燃照亮地洞幽深暗處。蛇身燒、蜷曲、炭黑,其後映著冬日薄暮,團夥無聲解散,各自承載各自的思慮回家晚餐。

一夜,孩子噩夢醒來,不願對他描述夢中情景。

不用跟我講,男人說,沒有關係。

我好怕。

沒關係。

有,有關係。

就是夢而已。

我真的很怕。

我知道。

孩子別轉過頭，男人摟抱住他，說：聽我講。

什麼。

若你夢見未曾遭遇或往後沒有機會遭遇的世界，而你在其中再次體驗歡樂，那你就是放棄了，懂嗎？但你不准放棄，我不允許。

■

再上路時，他體質孱弱，言談間透露心志頹敗，程度更勝以往；因腹瀉更顯形貌汙穢。他推靠在購物車把手上，抬憔悴、陷落的雙眼顧望孩子，知覺兩人之間距離更復遙遠。兩日後，他倆路經方受天火肆虐的郊野，沿途俱見地景焦毀。路面受熱，一踏，先起皺變形，才又慢慢復原。他倚附推車把手順望長直大路；枝葉稀疏的林木垂倒了，水道承流灰泥，大地枯黑，形貌徒具。

The Road 214

渡越大路交口，荒野不時暴現旅人私產，連年沿途撤棄。衣箱、旅袋，眼下萬物俱盡消融、焦黑；古舊旅箱受了熱曲捲變形；四處可見拾荒者自柏油路面脫拔物件的痕跡。前行一哩，死屍頓入眼簾：形體半沉路面，四肢搔抓軀殼，唇齒大開似正嚎叫。他伸手拍搭孩子肩膀；；牽我的手，他說，我不想你見識這些。

因為收進腦袋的東西會永遠留在那裡？

對。

不要緊的，爸爸。

不要緊嗎？

這些畫面早在我腦袋裡了。

我不想你看。

不看畫面還是存在。

他停步倚附推車，垂頭探看路面之後盯視孩子，孩子情態異常平靜。

繼續往前走好吧，孩子說。

好啊。

爸，這些人想逃命對不對？

對。

為何不逃離大路？

逃不開；到處都燒起來了。

父子倆在枯槁人體間繞行，見焦黑皮膚循人骨撐張，臉面沿頭殼皺縮繃裂，猶若看探真空脫水行動中，可怖的受難者。他倆披覆飄飛煙塵，默然穿行靜寂過道與乾屍錯身，後者沉陷受冷凝固的路面，已然永世不得脫身。

路過盡數焚毀的路旁小村，村裡僅餘幾座金屬儲物槽和幾管熏黑、直立的磚造排煙道。消熔的鏡面循大路邊溝聚匯成殘灰沼灘，蝕鏽的細鐵線成束攀沿路緣，連延數哩。他每踏一步都引來連聲劇咳；孩子注視著他，而他確如孩子所想；他理當如孩子所想。

他倆靜坐路面，啃食殘剩的鐵鍋煎糕配最後一盅鮪魚罐頭，煎糕冷硬如餅。他多開一瓶梅乾，兩人拿鐵罐傳遞來去、輪流享用；孩子抬舉罐身喝乾最後一口梅

汁,將鐵罐安置腿面,食指沿內側勾畫一圈送入口中。

小心別割破手,男人說。

你老這麼說。

我知道。

他看孩子小心翼翼舔食瓶蓋,像小貓貼靠鏡面舔舐自己倒影。別盯著我,孩子說。

好嘛。

他彎折瓶蓋遮覆罐口,把鐵罐落在身前路面上;怎麼了?他說,有什麼事?

沒事。

說吧。

我覺得有人跟蹤我們。

我想也是。

你想也是?

嗯;我猜到你要說這件事。有什麼打算?

不曉得。

有什麼想法?

繼續走,不要留下垃圾。

要不他們會以為我們有很多存糧。

對。

可能會。

不會把我們殺掉。

就會把我們殺掉。

好吧。

不會有事的。

我覺得我們可以趴在草地裡等,看看他們究竟是些什麼人。

看看他們有幾個。

對,看看有幾個。

好。

過河就能爬上崖頂監看大路。

好。

去找個好位置。

兩人起身，收毛毯堆入購物車；鐵罐拿著，男人說。

■

大路尚未跨越溪流，天已向晚，沉入悠長暮色。他們步履艱難穿踏溪橋，推車穿越樹林尋找隱密地點安置購物車；昏暗天色中，兩人站定回看大路。

把車藏橋下如何，孩子說。

要是那幫人到橋下取水呢？

你覺得他們落後我們多遠？

不曉得。

天快黑了。

我知道。

如果他們摸黑超前呢？

天還沒黑透；我們去找合適監看情勢的地點。

219　長路

藏妥購物車,他倆取抓毛毯繞石塊攀上邊坡,擠進一處棲所,視線能穿越林木回探半哩外的大路。棲處擋風,兩人裹覆毛毯輪班監看,不一會兒,孩子睡著了。昏沉將睡之際,他瞥見一抹人影盪出路面站定,另兩枚身形隨即補上,其後,又出現第四個人。小幫夥攏了攏新邁步出發;暮色深濃,他卻看得一清二楚。他揣度這幫人不至移動太遠,悔恨自己沒往離路更遠的位置棲身;假若幫夥停駐橋下,今夜將顯得格外冰冷、漫長。四人偏離大路跨過溪橋,三男一女。女人步履搖擺,略走近便看出懷有身孕;男人肩背吊掛旅袋,女人提小巧衣箱,難以形容四人形貌多麼狼狽、淒慘。他們輕輕呼氣成煙,踏越溪橋後持續循路向前,一個續接一個,沒入候伺身前的黑夜。

無論如何,此夜依舊漫長。待晨光足亮,他套上鞋,起身撿一條毛毯裹覆全身,走出棲所照看低處大路、裸禿且呈鐵灰的林木,以及林後郊野。郊野上,田犁刻畫的溝槽波紋隱約可見,過往約莫是畝棉花田。孩子還睡著,他下坡找到推車,揀出地圖與瓶裝水,自所剩無多的存糧中挑起一瓶水果罐頭,走回棲地,靜坐在毛毯堆中細查圖面。

你老錯覺我們走得比實際上遠。

他挪回指尖；那就這裡。

再退後一點。

這裡。

好。

他疊妥鬆軟、腐舊的圖紙，說，好。

兩人靜靜坐著，眺望林木背後的大路。

你以為先祖看顧著你？正一個個捧抱帳本掂估你生命的重量？他們拿什麼測量？天下無有帳本，而先祖早棄世入土。

郊野上，松林漫展成常綠橡樹，橡木又鋪歸松林。木蘭。樹木焦枯，萬物亦然。厚積葉堆中，他拾起一枚殘葉在手中捏碎，任葉灰撒落指間。

隔日清早上路，步行未遠，孩子拖拉他衣袖，兩人止步靜立。一莖淡薄炊煙自

前方樹林飄升,他倆凝止觀望。

怎麼辦,爸爸?

也許該繞過去看看。

我們繼續往前走就好。

要是這幫人跟我們同路呢?

會怎麼樣?孩子說。

他們會落在我們背後;我想探探他們。

如果只生了一把小火。

他們是軍團怎麼辦?

要不我們等一等?

不能等;要斷糧了,我們沒法逗留。

他們讓推車留滯林地,他查驗斷幹上的年輪迴圈——木然而篤實。父子倆佇立細聽。空中穩靜無風,炊煙攀直,通周闃寂。近日落降的雨水浸使落葉鬆軟,踩踏腳下亦靜謐無聲。他轉身探看孩子,孩子骯髒的小臉隨恐懼擴撐。他倆繞著火在一

段距離外兜圈，孩子緊握他的手；他蹲下伸出手臂環抱孩子，兩人就這麼諦聽許久。我覺得他們離開了，他悄聲說。

你說什麼？

我覺得他們已經走了；可能有守衛通報。

也可能是陷阱喔。

好吧，我們再等一下，爸爸。

他倆靜候著，視線穿過林木瞥視炊煙。一襲冷風搖亂樹頂，輕煙轉向，他們嗅到氣味，知道火上還有東西燒煮。我們繞圈走，男人說。

我可以牽你的手嗎？

當然可以。

樹林僅存焚毀殘幹，近處無可留心。我猜他們看見我們了，男人說。看了匆匆逃走，因為我們有槍。食物只好留在火上。

對。

過去看看。

很恐怖哪，爸爸。

不要緊；不會有人在。

走進窄小林間空地，孩子用力攫住他的手。那幫夥什麼都帶走了，僅留黑糊糊一團棄物在火上串烤。他凝步檢視四周，孩子回身，頭臉埋入他衣袖；他急閃一眼窺視狀況。怎麼啦，他說，怎麼回事？孩子搖頭，說，爸。他轉身再望一眼；看見的，是具無頭炭焦嬰屍，肚腸掏淨掛在架上熏烤。他彎身抱起孩子走向大路，起步後加強了手勁；對不起，他悄聲說，真的對不起。

他不知孩子會不會再張口說話。兩人傍河紮營，他靜坐火旁，暗夜中諦聽河水川流不息。這棲地並不安全，水流聲掩蓋一切動靜，卻能給孩子多點慰藉。父子倆啖盡最後存糧，他坐下細究地圖，取一截軟繩量度紙上大路，鑽研一陣，又重量一回。向海路途迢遙，而他亦不確知步抵海岸後又將面對什麼。他將碎裂圖紙收攏塞

The Road 224

回塑膠袋，靜靜坐著凝望炭火。

隔日循狹窄鐵橋過河，進入古舊的磨穀鎮；他倆巡遍一幢幢木屋，卻毫無所獲。逝逝經年的男人，著工作服端坐平屋前廊，像宣告特殊假期來臨的草人擺設。他們沿磨坊綿長、汙黑的外牆走，牆邊窗框全教磚石封上；細黑煤灰循街面疾飛，正趕在他們身前。

路旁散落的物件稀奇古怪；電器，家具，工具。流連大路的旅人歸趨死亡，三三兩兩，抑或集體一致；這是他們拋卻經年的家當。才只一年前，孩子偶爾還從路上挑揀什麼來掛寄身邊一段時間，如今再不見類似舉動。他倆並坐休憩，喝光僅餘的清水，讓塑膠方罐立在路面；孩子說，假如小嬰兒還在，可以跟我們。

嗯，可以跟我們。

那些人在哪兒找到他？

他沒回話。

別的地方會不會還有嬰兒？

225　長路

不曉得;有可能。

我那樣講他們,覺得很愧疚。

誰?

燒壞的人;卡在路裡燒壞的人。

你講了什麼,我不知道。

不是壞話。要走了嗎?

好。要坐購物車嗎?

不用了,沒關係。

坐一下,好不好?

沒關係,我不想坐。

平坦郊野裡水流遲緩。路旁泥灘凝止蒼灰;沿海平原上,鐵鉛色江河蜿蜒穿行荒蕪的農地。兩人持續前行。前方大路斜降,路旁豎一柄竹竿,應該是座橋,他說,可能有小溪。

可以喝溪水嗎?

別無選擇了。

喝了不會生病吧?

不會吧;說不定早枯涸了。

我先去好吧?

好啊,當然好。

孩子奔降大路。好久不曾見他奔跑;雙肘外張,隨不合腳的網球鞋律動,沿路上下拍晃。他收咬下唇,停步注視。

流水僅只一汪小泉,低流竄入地底水泥管的位置能看出細微波動;他朝水裡吐痰,察驗痰汁是否隨水游動,然後由推車取來布塊、塑膠罐,讓罐口覆上布條沉入泉中盛水,滴滴答答提出水面正對天光;乍看水質不差。他摘掉布塊,把水罐遞給孩子;喝吧,他說。

孩子酣飲一陣將水罐還給他。

多喝點。

你也喝點,爸爸。

好。

父子倆坐下過濾水中塵灰,一路狂飲到再喝不下為止。孩子仰臥草地。

該走了。

我好累。

我知道。

他靜坐著注視孩子;他們整整兩天不曾進食,再多兩天恐要開始發虛。他登上河岸斜坡、繞過豎立竹竿探看大路;大路橫跨空曠郊野,形貌沉鬱、黝黑且無人跡;郊野上有風吹刮地面塵土。曾是豐饒的大地,而今了無生機;這是陌生的原野,城鎮、流水都失卻了名號。走吧,他說,該走了。

他倆愈睡愈多,已不止一次四肢大開在路中央轉醒,活似車禍受難者。死神給的睡眠。他坐起來探身尋槍。傍晚天色鉛灰,他兩肘倚靠推車把手站立,視線穿飄田野,落上約莫一哩外的房舍。是孩子先望見大屋在煤灰遮幕後若隱若現,如夢境般矇矓。他倚附推車探量孩子;步抵大屋會耗點力氣,若是沿途找地點裏藏推車,隨身僅拎毛毯,天黑前或能到達,但來不及返回。

The Road 228

沒有退路了，我們得過去看看。

我不想去。

好多天沒吃東西了。

我不餓。

你是不餓，因為你快餓死了。

爸，我不想往那兒去。

我保證那裡沒人。

你怎麼知道？

我就是知道。

那幫人可能在那裡。

不會的；真的不要緊。

兩人動身橫越田野，通身覆裹毛毯，只拎手槍和一瓶清水。農人最後耕犁過田地，土裡猶冒著一株株殘莖，由東向西，圓盤拖犁的軌跡還隱約可見。近日雨量浸使土質鬆軟，他垂眼盯視耕土，不久，停下腳步拾起一瓣箭頭，朝它噴口唾液、循

褲縫抹盡灰泥，遞給孩子；白石英材質，形貌無瑕似若新造。田裡還有很多，他說，細看就會發現。其後他又找出兩瓣，外加一顆灰火石及一枚硬幣。錢幣抑或鈕釦，他拿拇指指甲刮擦幣面上厚厚一層銅鏽；是硬幣。幣面刻字是西班牙文。他呼喚孩子，孩子步履艱辛在前頭趕路，他環視灰暗郊土與蒼茫的天，拋下錢幣快步跟上孩子。

他倆佇立屋前審視大屋；碎石車道曲折向南，前廊磚造，兩層階梯上接柱廊，屋後的磚蓋附屋或許曾是廚房，附屋後方另有原木小屋。他抬步欲上臺階，孩子攫住他衣袖。

再等一下好嗎？

好，可是天快黑了。

我知道。

好吧。

他們靜坐階梯上遠望郊野。

屋裡沒人，男人說。

The Road　230

好。

還是害怕？

對。

不會有事的。

好。

■

兩人步上階梯,進入寬敞的鋪磚廊道。門板漆色墨黑,讓人用煤渣磚撐擋開來,背面吹聚不少乾草、枯葉。孩子箝抓他手⋯⋯門怎麼開了,爸爸?

開就開了;可能已經開著好幾年。說不定最後到訪那批人把門撐開,運東西出去。

我們要不要等明天再進去?

進來吧,天黑前很快看一眼;若是附近安全無虞,說不定可以生把火。

不會在屋裡過夜吧?

不一定要在屋裡過夜。

好。

喝點水。

好。

他由大衣側袋揀出水瓶,扭開瓶蓋看孩子喝了一點,自己跟著喝一點,然後旋回瓶蓋,牽孩子的手走進漆黑玄關。天花板挑高,懸吊進口水晶燈;樓梯間開一扇帕拉狄奧式高窗[4],窗形藉當日最末一抹天光,幽微映覆梯井,現立在牆上。

沒必要上樓吧,孩子輕聲說。

不了,明天再說。

對。

確定附近安全無虞再說。

好。

走入起居室,堆高煙塵漫覆地氈,家具披裹被單,牆面漬留的蒼灰方框,過去應有畫作吊掛。大廳對側邊房立著一架大鋼琴,他倆身形在房底薄透如水的窗玻璃

上，裁割成碎影片片；他們入房站定細聽，其後逐房巡逛，彷若一對多疑買主，最終倚傍高窗停駐，看大地漸次昏黑。

廚房有刀器、鍋具與英式瓷器，隔門輕輕闔上便露出食品儲藏室，地面鋪瓷磚，排排層架落有幾打夸脫裝封罐。他走近廚房對側，揀一口封罐吹落外層塵灰；齊整隊伍裡雜落綠豆與切片紅椒、番茄、玉米、新品種馬鈴薯和秋葵。他撿一雙封罐提到窗邊，舉高對光晃搖，然後回看孩子；可能有毒，我們煮熟再吃，好不好？

不知道。

要不該怎麼辦？

你決定。

你我都要做決定。

4 帕拉狄奧（Andrea Palladio）乃文藝復興時期之義大利建築師。帕拉狄奧式窗通常具備三區結構，左右兩區相對窄小、對稱，中區寬高且多成拱型。

你覺得沒問題嗎?

我覺得煮熟就沒問題。

好吧,不過別人為什麼不吃?

可能沒人發現。路上看不見這幢房子。

我們就看見了。

是你看見的。

孩子檢視封罐。

怎麼樣,男人問。

反正我們別無選擇。

沒錯。天色更暗之前,我們先集點柴火。

父子倆懷裡捧滿枯枝登上屋後階梯,穿越廚房走入餐廳,將枝條一一截段塞實壁爐。才點火,輕煙飛飄、迴繞罩漆木梁,一路攀抵天花板才又盤桓落降。他取一本雜誌呼搧火苗,不多久,排煙管開始運作,火焰熊熊灼燒,映亮天花板與牆面,以及附掛諸多玻璃切面的水晶燈。漸次黝黑的窗玻璃也教烈火鋪亮,映照孩子取巾

毯包覆頭臉的剪影，恰似童話裡的侏儒自黑夜到臨。廳房中央，男人拉下蓋覆堂皇長桌的被單，抖敞開來，在爐床前布置一方舒適臥鋪。孩子彷彿為光熱所震驚；他引孩子坐下，解開他的鞋，為他拉脫纏裹雙腳的骯髒破布；會沒事的，他悄聲說，一切會沒事的。

他從櫥櫃抽屜找到蠟燭，點上兩根，藉蠟油立置櫃面，外出撿集更多柴火堆存壁爐邊；孩子一動不動。廚房裡鍋器俱全，他抹淨一只大鍋安置料理臺，嘗試扭開封罐但未能成功，於是拎一瓶青豆、一罐馬鈴薯走向前門，借收立玻璃杯中的燭光跪低身體，在大門和門框間側倒一只封罐，拉門板抵實，其後蹲坐玄關地板，一腳勾牢門板外緣，使門板靠牢瓶蓋，再伸手扭轉瓶身。隆腫的瓶蓋箝進木料中打轉，嘎嘎出聲磨蝕門板罩漆；他重新抓穩瓶身，拉門抵靠更緊，再次扭轉，瓶蓋卡實門板鬆滑一下，又止住不動。他伸手慢慢翻轉瓶身，自門框旋落封罐，另隻手握盛蠟燭的玻璃杯，杯底燭火搖曳，且不住啪作響。他試圖憑拇指推落瓶蓋，然蓋緣咬合過緊，待扭開第二口封罐，他起身拎兩只瓶子回到廚房，是好現象，他心裡想。重把蓋緣倚傍櫥櫃，握拳猛擊罐頂，瓶蓋才終於啪啦一聲彈

235　長路

開、落上地板;他舉起瓶身嗅聞,味道很鮮美,便將馬鈴薯、青豆倒進大鍋,捧回餐廳落在火上煮。

他倆拿精白瓷碗緩緩進食,隔餐桌對坐,中央燃一截蠟燭。手槍像一件餐具擱放手邊,漸次暖和的大屋似乎從漫長冬眠轉醒,不斷咯咯嘎嘎發響。孩子正對瓷碗打瞌睡,湯匙噹啷滑落地面;男人立身走近,抱他到爐邊安進被單,為他蓋上毛毯。夜裡他勢必因故蹐回桌邊,是以半夜醒來發現自己趴倒桌畔,頭臉埋入交疊的臂彎。屋內清冷,屋外風聲大作,窗玻璃沿框格咯啦輕響。燭火熄了,爐火僅留餘燼,他起身重燃爐火之後,在孩子身旁坐下,替他拉實毛毯、撥攏汗穢的髮絲;說不定他們正在觀望,他說,靜待著死神也無能騷毀的東西,而若期望成空,他們便轉身遠離,自此不再回返。

孩子不讓他上樓,他試著講道理。樓上可能有毯子,他說,我們得上去看。
我不想你上去。
屋裡沒有人。

The Road 236

可能有人。

沒有。如果有人,不是早該下來了?

也許他們害怕。

那我會告訴他們我倆不害人。

也許已經死了。

那就更不介意我們拿東西啦。聽我說,不論樓上藏著什麼,心裡有數總比一無所知要好。

為什麼?

因為人都不喜歡驚喜;驚喜會嚇人,誰想受驚嚇?況且,樓上可能有我們需要的東西,得上去看看。

好吧。

好吧?你不爭辯了?

你反正不會聽我。

我聽。

沒認真聽。

屋裡沒人，已經很多年沒人走動。塵土堆裡沒腳印，屋裡一切井然有序，沒有一件家具在壁爐裡做柴燒，而且還有存糧。

是你自己說塵土不會留腳印，你說風一吹就散了。

我上樓了。

父子倆在大屋吃吃睡睡度過四天。他上樓多翻出幾床毛毯，兩人拖過大疊樹枝堆在室內一角陰乾；他找到木料、鐵線專用的老舊雙面鋸，拿來截斷枯枝。鋸齒生鏽發鈍，他盤坐爐火前，想藉一柄鼠尾銼刀將鋸緣磨利，可惜成效不彰。百碼外有條小溪，他往返收成農園、穿越泥地搬運的水量幾難估計；溫過水，他倆在通接一樓邊底臥室的盆浴澡間梳洗。他分為兩人理髮；他拿小刀為孩子裁剪褲長，就壁爐巧置出衣物、毛毯、枕具，父子倆都換上新衣，其後自己修刮鬍髭，從頂層臥房搜安適睡鋪，翻落高腳層櫃不僅用做床頭板，亦有保溫作用。其間，屋外落雨不休，他在大屋邊角鋪設的排水管下置放水桶，好由古舊金屬斜頂匯集清水。夜裡，他聽雨點叮叮咚咚敲進頂層臥室，屋內處處傳出滴漏的聲音。

他倆巡檢大屋周邊的附屬建物，探尋一切可用物件。他發現一部推車，拖拉出來顛倒擺放，緩緩推動車輪、檢視車胎。橡膠胎紋磨平了，胎面還爬幾道裂縫，但應該不至漏散胎氣；他翻檢舊箱篋、工具堆，找出自行車打氣筒，將氣管旋上車胎氣閥打氣，氣體卻自輪圈周邊散逸；他翻轉輪圈，讓孩子幫忙壓實車胎，終於把氣打滿。其後旋開輸氣管，放正推車，前前後後沿地面費勁拉推，最後送至屋外供雨水淋淨。兩天後他倆告別大屋，天也放晴；兩人行踏爛泥小徑，推車上載負新的毛毯、由額外衣物裹護的食品封罐。他為自己尋著一雙工作便鞋，孩子腳上穿著湛藍網球鞋，趾縫空間也撿碎布塞滿，面罩亦是乾淨被單新剪。重抵柏油大路，他倆往回走一小段拾回購物車，路程不及一哩；沿途，孩子一手搭附取自大屋的推車與他並肩而行，說，我們做得不錯，對不對爸？是不錯。

父子倆飲食無虞，但欲行抵海岸，尚有一大段距離。他知道自己在向毫無理由承納希望之處投注希望，明知世界日日趨向黑暗，卻寄望沿海保有清明的日光。有一回，他在相館蒐得一柄測光器，心想能夠檢測連幾月的天光，於是提帶身邊許久，相信終會尋到合用電池，卻始終未曾如願。深夜，每當劇咳轉醒，他會坐直身

體,一手遮頭臉躲抗黑暗,似若由墓穴中醒覺,似若童年記憶裡,為闢建高速公路,逐教掘棺移柩的野屍。野屍多來自霍亂疫病,暴死後墮入木箱草率埋葬,而後屍箱腐爛、張敞,屍身側臥暴現、腿骨上勾,抑或呈俯趴姿勢;逝者雙眼蹦離眼窩,如鏽綠的古舊銅板潑散出錢櫃,落上汙穢、蝕腐的箱底。

小鎮雜貨鋪的牆上掛鹿頭標本,孩子站著,盯視標本許久。地面鋪散碎玻璃,他教孩子在門邊等著,自己穿工作鞋跋撥一地垃圾,但什麼也沒找到。店鋪外有兩只油氣幫浦,他倆踞坐水泥車坪,降一口繫繩鐵罐深入地底油槽,提上來,滿瓶汽油倒進塑膠封罐,其後再重複幾回。他們為鐵罐加附一小截鉛管,以方便沉落;父子倆蹲踞油槽上方,猶如垂桿釣食的猩猩伏守蟻丘,花去一小時終將封罐填滿,旋上封口蓋,他倆把油罐安置購物車底部,而後重新上路。

長日漫漫。大路煙塵瀰漫,而郊野開曠。夜晚,孩子傍坐火畔,膝上撒放片片地圖;他記住小鎮、河川名號,天天量測行旅的進度。

The Road 240

飲食益發儉省，存糧所剩無幾。孩子站據大路，握著地圖；他倆凝神諦聽，然而一無所聞。一如往常，他遙望空曠郊野連延向東，遠地裡氣氛有所不同。而後，大路一個迴彎，海灣終於露現。他倆止步佇立，褪下外衣遮帽細聽，任鹹溼海風刮吹頭髮；眼前，蒼灰海岸浪捲遲緩，呈色黯淡而鉛灰，音響幽遠，淒寂若一片陌異汪洋，在無人知曉的國度兀自拍擊陌異的洋岸。潮間平原半傾一艘油輪，油輪背後，大海廣闊冰冷、變化萬千，如一缸伏動和緩的熔岩；更遠處，一脈幽灰地帶集盡飛散塵煙。他注望孩子，孩子神色落寞。抱歉不是藍色，他說；沒關係，孩子回答。

一個鐘頭以後，兩人歇坐海岸，注望地平線上灰霧若牆；腳跟嵌入沙地，看蒼涼海水刷沖腳面。淒冷，荒寂，杳無飛鳥。他們讓推車駐留沙堆外的樹蕨叢，拎毛毯披覆全身，避坐碩大漂流木的逆風側，凝止許久。灣岸低處，海風吹聚一攤細碎骸骨；遠低處，成堆肋骨遇浪蝕白，可能是牛群軀體。岩面鑲附鹽霜，飄風大作，枯乾豆莢循沙灘奔跳後止息，旋又飄翻不止。

241　長路

你覺得外海有沒有船？

應該沒有。

有的話應該看不遠。

嗯，應該是。

對岸有什麼？

什麼也沒有。

一定有。

可能有個爸爸帶孩子，兩人坐在海邊。

那還不錯。

是還不錯。

他們也會把火傳下去嗎？

可能吧。

我們不會知道。

嗯，不會知道。

所以要保持警醒。

對,要保持警醒。
這裡可以待多久?
不曉得;快沒東西吃了。
我知道。
你喜歡這裡?
是啊。
我也是。
可以游泳嗎?
游泳?
對。
你會凍死。
我知道。
海水真的很冷,超乎想像。
沒關係啊。
我可不想下水救你。

你不想我去。

你可以去。

可你覺得去了不好。

不會；我覺得很好。

真的？

真的。

好。

他起身留毛毯落蓋沙地；剝掉大衣、脫了鞋、褪除衣物，赤條條站著，蹦蹦跳跳搔抓身體，直奔海岸低處。如此白皙，脊骨凸結，肩胛骨刺利如刀，循蒼弱肌膚刮鋸；就這麼赤裸地跑跑蹬蹬，尖呼著，衝進緩慢翻騰的巨浪。

出水時，孩子渾身凍青，齒牙咯咯作顫；他步下海灘迎接，為他打抖的身體捲覆毛毯，緊摟住他，直到孩子不再氣喘吁吁。然一細看，孩子正默默哭泣。怎麼了，他問。沒事。告訴我。沒事，真的沒事。

向晚,兩人抵附漂流木生火,啖食秋葵、青豆、最後一份封罐馬鈴薯;果類食品老早用盡。他們靜坐火畔啜茶,睡臥沙地漫聽潮浪沿灣翻滾,潮起悠長激顫,旋復潮落。他夜半起身踱離棲處,披毛毯直立海邊;暗夜遮蔽視線,雙唇沾染海鹽滋味。等待復等待。他夜半起身踱離棲處,披毛毯直立海邊;暗夜遮蔽視線,雙唇沾染海鹽滋味。等待復等待。滯鈍浪濤循灘退卻,翻騰潮聲漫淹海灣,而後消縮遠去。他想像外海浮漂幽靈船,帆幔殘破、下垂;又聯想洋底生物,譬如陰冷黑暗中,巨型烏賊循海床伏進,往復穿梭似若列車,眼瞳圓大有如杯盤。或許,遠伸漫覆的波濤之外,確有另一對父子在枯灰沙灘上行走,懸隔汪洋,披覆煙塵就另一片海岸睡臥,又或站立著,衣衫襤褸,正對白日淡薄無感,一如蒼陽漠然。

記憶中他也曾夜間轉醒,因螃蟹橫爬鍋底咯咯出聲,而鍋裡餘留前夜殘剩的牛骨。漂流木積疊成厚實火炭,殘弱的餘火隨海風震顫。蓋覆繁星躺臥,看地平線全盡墨黑,他起身向灘外走,赤腳站立沙中,眺望蒼白巨浪循海濱退卻,其後翻湧、碎裂,又復漆黑。踱回火畔,她沉睡著,他跪低身子撫順她髮絲,說,若他是造物主,也會如此安置這個世界,不做任何改變。

踱回棲處,孩子醒了,樣貌恐懼;孩子喊叫過,但音量不足以傳入他耳朵。男人伸手環護他,說,我聽不見,因為浪聲。他為營火添柴,拍攝至火苗重新點燃;兩人倒覆毛毯間看火焰隨風扭轉,而後沉沉入睡。

清晨,他重燃營火,兩人注望海灘進食;海岸淒冷、陰溼,與北地海景相差無幾。既無沙鷗,也無海鳥;人造雜貨沿海散落或隨浪翻滾,形貌焦黑且無謂。父子倆拾撿漂流木聚合成堆,覆上防雨布,續向外灘走;我倆是海岸清道夫,他說。

什麼意思?

就是沿海遊蕩,從海水沖積的雜物裡挑好東西的人。

什麼好東西?

只要用得上,什麼都可以。

你覺得我們找得到東西?

不曉得;就看看吧。

就看看,孩子說。

他倆站上石砌防波堤向南遠望；石堆中，有攤灰白鹹溼的蟲液膠著、盤繞。遠處鋪延綿長的海岸弧線，呈色蒼灰如火山熔岩。風自水面拂近，微微播散碘酒氣味。景物如此，再無更多；連一絲海洋氣息也沒有。石塊表面殘附黑蘚；兩人跨越大石朝前移動，直至海岸盡頭，漫伸入海的岬角斷卻去路，才步離海濱，循一徑古道向上，穿越沙堆、草場，進入另一處低窪海岬。腳下，灰黑雲霧飄飛入海，覆罩一彎岬地；一抹船影半傾臥岬地背側，任潮浪洗刷。父子倆在枯乾草叢間蹲低觀望；怎麼辦好，孩子問。

觀察一下。

好冷。

我知道。我們往下挪一點，別蹲在風口。

他坐下，懷裡抱著孩子，枯草輕輕吹拍身上；舉目荒蕪，一片殘灰，雜草蔓生無盡。在這坐多久，孩子問。

不會太久。

你覺得船上有人嗎，爸爸？

應該沒有。

247　長路

應該都被倒出來了。

對,應該都倒出來了。看到腳印嗎?

沒有。

我們再等一下。

我好冷。

■

兩人循月彎海濱緩慢前行,雙腳緊依海潮積物底下的實土;停步,衣袖順風輕柔拍飛。浮漂玻璃製品裹覆暗灰外殼,環伴海鳥殘骨;潮浪匯流處密織大片海草;舉目所及,海陸交界沿線鋪呈百萬魚骸,猶若死亡等坡線、巨型鹽漬墳塚。荒誕無謂,荒誕無謂。

海岬盡處到船體,尚有近百呎翻流海水。父子倆立定眺望大船:船身約六十呎長,甲板以上,設備幾皆卸盡,斜沒入十至十二呎深水;船帆具雙桅裝置,但兩柄

The Road 248

桅桿都斷折了、垂落甲板,水面上僅留幾柄黃銅豎桿,和甲板外延圍欄的幾只立桿;此外,僅有船舵鋼環自船尾駕駛艙穿突出水。他轉身細察遠處海灘與沙丘,取手槍遞給孩子,坐下拆鬆鞋帶。

你要做什麼,爸爸?

我去看看。

我可以去嗎?

不行,你在這等。

我想跟你去。

得有人把風;況且,水太深了。

我看得到你嗎?

可以;我會隨時關照你,確認你平安無事。

我想去。

他暫停動作,說,不行;我們要留個人看東西,不然衣服會被風吹走。

說完,他把衣物堆疊一起。天!這天候的確太冷。他彎身在孩子額上一吻;別擔心,他說,要保持警醒;然後裸身蹚涉海水,稍稍立定水中拍洗身體,便揚濺水

249　長路

他踏步向前，猛地探身入水。

他循鋼鐵船體泅泳至盡頭，回身，踢踏著海水，因受凍吁吁喘氣。大船中段，弦弧圍欄恰正沒入水面；他攀上船尾。船鋼灰敗，受潮鹽刮蝕，船體鑲鍍的字跡傷損了，猶堪辨認：Pájaro de Esperanza，希望之鳥，來自坦那立福[5]。兩只用以勾掛救生艇的長柱已空無一物。他攬附圍欄將自己拖拉上船，轉身伏蹲在偏斜的木質甲板上，不住抖顫。幾段織結纜繩掛附螺絲釦眼，金屬設備沿甲板穿鑿長形破孔，船板已教懼怖的外力沖淨；他向孩子招手，孩子並不回應。

船艙蓋頂弦弧而低淺，沿側牆開設舷窗。他蹲低擦抹窗上灰鹽之後朝外望，什麼都沒能看見。試推低矮柚木艙門，門已上鎖；他挺細瘦如柴的肩骨推撞一回，渾身不住打抖，齒牙咯咯作顫。他想伸腳掌踢踹門板，又覺此法並不高明，於是伸手掌環覆手肘再推撞一回，發覺門鎖些許鬆脫，儘管程度相當細微；他持續推撞，門框內緣現露裂隙，其後終於脫開出門縫，他推開門板，走下艙梯步入艙房。

靜滯汗水沿底處艙牆浸積，淹泡溼紙與垃圾膩。他以為有賊盜幫夥將大船洗劫一空，其實全是海的動作。艙廳中央擺置桃木大桌，桌緣鏈附餐具擋板；置物櫃門朝艙室甩晃大開，罐頭器具無不敷上暗綠鏽漬。他穿越廊道走向前端艙室，室內麵粉、咖啡撒散一地，罐頭外裝有凹洞、有鏽蝕；盥洗室安不鏽鋼馬桶和水槽，海上的幽微天光穿透置高舷窗灑落，齒輪盤隨處散置，救生背心在滲漏艙室的海水裡浮游。

他預期經歷些許駭人遭遇，結果並未發生。艙室裡，床墊拖擱於地面，寢具、衣物倚牆堆疊；所有器物皆浸溼。開敞門扉導向船頭儲櫃，可惜艙室過暗，辨不清艙底藏貨；他低頭進門，伸手探摸：深口藏罐鏈附木質封口，地板上有齒輪聚疊。他著手拖出艙底積貨覆在斜傾床板上：毛毯、抗風遮雨的特製外衣；拾起一管溼毛衫，他拿來披蓋頭頂，其後又找來黃皮橡膠靴一雙；尼龍夾克一件；他套進夾克，閉上拉鍊，由防水衣物中挑一條硬挺黃皮褲穿上，肩上吊褲帶，踏進雨靴；走回甲

5 Tenerife：康那利群島（Canary Islands）中面積最大的島嶼；西班牙屬地，落於西北非洲外海。

板，孩子原就同樣姿態坐著注望大船，突地驚惶起身，男人才想起，簇新打扮教孩子辦不出他。是我，他揚聲大喊，孩子只靜靜站立；他對孩子招手，旋又步入船艙。

■

第二室臥艙鋪位下，猶有幾口抽屜滯留原位，抬平箱口拖拉開來，箱底填塞西班牙文手冊與文件、幾方香皂、一只發黴的黑皮提袋同樣包覆文件。他取香皂放入外衣口袋後凝止站定；臥鋪上落散著西文圖書，已潮腫變形，僅留一本擺附前端艙牆的層架上。

多找出一只敷膠防水的帆布袋；他踩踏雨靴搜巡船內其他空間，身體貼附斜傾艙牆，黃皮防水褲遇冷喊嚓作響。他揀零星衣物塞填帆布袋，其中有雙女用球鞋，給孩子穿可能恰恰合腳；一只木柄摺疊刀，一副太陽眼鏡。他的搜索程序並不符合常理，像企圖尋回失物，卻逕往最無可能尋獲的地點梭巡。最後，他走入廊道，開

The Road 252

啟火爐，又復關閉。

退鬆門栓，他抬起艙門進入引擎室，室內泰半積水且光線黯淡，杳無油氣、瓦斯味；他重帶上門。駕駛艙椅凳附帶儲櫃，以安置坐墊、帆布、釣具；他由船舵立臺背後的藏櫃翻出幾圈尼龍繩、幾瓶油氣鋼罐、一口玻璃纖維工具箱，於是落坐地面審視工具：鐵鉗、螺絲起子、扳手都發鏽了，但還堪用。蓋上工具箱、拴回卡榫，他起身探找孩子；孩子蜷臥沙堆睡去，小頭靠枕衣物堆。

他提工具箱、帶一瓶油氣踱回廊道，朝前最後一回巡索臥艙，其後一一檢視臥室大廳儲物櫃，翻閱塑膠盒中的資料夾與文件，寄望找出大船的航行日誌，卻搜出一組瓷具，包藏在裝填木屑的板條箱裡；是八人餐具組，印有大船名號，多數器件都碎裂了；原該是份贈禮；他揀出一只茶杯在掌中翻轉，又擺置回去。最後現身的，是一口四角密接的橡木方盒，盒蓋鑲黃銅薄板；乍看若保溫盒，然而形體有異，待他拾起方盒、知覺盒身重量，便明白了它的用處。他卸下蝕鏽樺栓翻開大盒，盒底靜臥一只黃銅六分儀，怕有百年歷史。他拾起儀筒握放手心，因其精美備

253　長路

受震撼；黃銅筒身呈色晦暗，帶附綠斑，拓現另一隻撫握筒面的人手形態，除此一切完美。他抹去盒底托板上的鏽斑：**Hezzaninth** 專利設計，製於倫敦；舉起儀筒湊附眼前，手指推撥輪軸，許久以來，第一次感到心緒激動。把弄一陣，他將儀筒安回盒內藍呢襯裡，覆上盒蓋，插扣榫栓，重新放進儲櫃，闔閉櫃門。

再回甲板探看孩子，孩子已不見人影；片刻著慌，才見他單手甩晃手槍，正沿灘底高地行走；他鬆了口氣。靜立著，察覺船身漂浮、擺晃，變化相當幽微；漲潮了，浪濤拍覆防波岩塊；他轉身再度走入船艙。

藏櫃取的尼龍繩用手幅量度繩圈直徑乘以三，再點數繩圈數，便知有五十呎長。循暗灰柚木甲板挑了木柱掛附繩圈，他走入船艙，搜來的物資鋪疊桌上。廊道遠端的儲物櫃擺攏幾口塑膠水壺，但僅一壺存水。他拾起一口空壺，明白是膠罐迸裂了，水才滲漏出去，猜想大船盲目漂游的時候，存水或曾結凍，也許不止一次。他揀半滿那口壺落放桌邊，扭開壺蓋嗅聞，雙手捧壺長飲一口，其後又一口。

散落廊道地面的罐頭狀似無可救藥;儲櫃裡,有幾盅罐面嚴重鏽蝕,幾盅形貌詭異、撐脹如球莖。罐外標籤都脫落了,改以黑色麥克筆就罐面標寫品名;西班牙語,不是全能讀懂。他一罐罐檢審,握在手裡搖晃、壓擠,然後積堆在廊道冰箱上緣的臺櫃上。他相信船內定有板條箱屯藏食品,但不信存貨猶安全可食。無論如此;然而思慮與從前並無不同⋯他仍堅信無可能積交好運,深夜倒臥黑暗之中,少有幾回能不衷心豔羨亡靈。

找到一瓶橄欖油、幾壺牛奶、一些許裝封於鏽蝕鐵盒的茶葉、一口塑膠容器盛不知名粉末、半罐咖啡。他有條不紊檢視儲櫃層板,類分物資為可攜走和可保留;將可用物質集聚艙廳、沿艙梯堆放,他踱回廊道開啟工具箱,著手自箍平的小火爐拆卸爐口。先鬆解鑲結爐口的彈性繩,再移開鋁製爐架,僅撿一枚收入外衣口袋;用扳手扭鬆黃銅接榫,卸下一雙相連的爐口,解開鉤扣,在爐具結附的導管上裝繫軟管,接上油氣瓶後捧入艙廳。最後,他取塑膠防雨布捲縛幾瓶果汁、幾盅蔬果罐頭,用軟繩繫緊,脫下外衣,疊置在搜聚的物資之間,裸身走上甲板,帶防雨布捲

護的包裹滑落護欄，盪越帆船側板，直墜蒼灰、冰凍的大海。

襯最後一抹天光踏水上岸，他甩落包裹，拂淨上臂和胸口的海水走向衣物堆；孩子跟在身後，不住追問他的肩傷——因為衝撞艙門，他的肩頭淤紫、變了顏色；不要緊，他說，不痛。我找到很多東西喔，到時你看。

父子倆背天光匆匆奔越沙灘。船被沖走怎麼辦，孩子說。

不會被沖走。

可能。

不會。快來；你餓了吧？

對。

今晚可以吃得很豐盛；但得走快一點。

我在趕啦，爸爸。

可能會下雨。

你怎麼知道？

The Road 256

聞得出來。

你聞到什麼？

溼灰塵。快來。

說完他停步，說，槍呢？

孩子僵立不動，形色驚恐。

天，男人說。他回看海灘，大船已落在視線之外。他望向孩子，孩子雙手覆頭，幾乎哭出來；對不起，他說，真的很對不起。

他放下防雨布裏覆的罐頭，說，得回頭去找。

爸爸，對不起。

沒關係，找得到。

孩子垂喪肩頭站著，已經開始啜泣；男人蹲下環抱他，說，不要緊，是我該確認我們沒漏掉槍，但我沒做到，是我忘記了。

對不起，爸爸。

走吧，沒問題的，不會有事。

257　長路

手槍猶在原處埋覆沙中。男人拾起槍甩甩,坐下退出彈膛栓針交給孩子,說,你拿著。

沒壞吧,爸爸?

當然沒壞。

他把彈膛撥入手掌,吹開膛上積沙再遞予孩子,繼續吹通槍管、吹淨槍身,才由孩子手中取回零件重組。他將擊鐵鎚向後扣扳又回推,然後再次扣扳,調校彈膛至裝填真彈的位置,推回擊錘,將槍收入大衣口袋後起身,說,好了,我們走吧。

趕得上天黑嗎?

不曉得。

趕不上,對不對?

走吧,我們走快一點。

的確沒能趕上天黑;他倆才踏上岬角,夜色已全然截遮視線。兩人站立海風中,為窸窣搖曳的乾草環繞;孩子緊攫住他的手。得繼續走,男人說,來。

我看不見。

我知道；我們一步一步慢慢走。

好。

別放手。

好。

發生什麼事都不能放手。

發生什麼事都不放手。

夜黑緻密無瑕，兩人持續行進，目盲若瞽；鹽化荒原並無障礙物可供磕碰，他仍一隻手臂朝前探伸。潮聲退遠，他也得憑風向辨識方位；一小時踉踉蹌蹌，終於擺脫近海草場，步入外沿的乾燥沙灘。風更冰涼。他教孩子附靠他走在逆風側，突地，眼前晃顫的海濱景致逸越漆黑，旋又消散無見。

怎麼回事，爸爸？

不要緊，是閃電；快走。

防雨包裹上肩，他牽孩子的手繼續往前，沙地中如遊街老馬蹭蹭踏踏，注意不教漂流木或沖積物絆倒。奇異灰光又臨沙灘綻亮；晦黑中，遠地隆鼓悶雷。我好像

259　長路

看見我們的腳印,他說。

所以方向沒錯。

嗯,沒有錯。

爸,我好冷。

我知道;快祈求閃電。

■

持續向前。閃光再現,他見孩子弓屈身子喃喃自語;他索尋兩人沿灘踏留的足跡,然而一無所獲。風吹更疾,他警候飛雨降落;暗夜困陷沙灘又遭風雨侵襲,後果不堪設想。他們側臉避風,緊扣大衣帽兜;狂沙窣窣飄擦腳腿,旋循黑夜快速翻遠;雷聲臨岸爆裂。大雨終自海面迫臨,偏斜、猛利的雨點叮刺兩人臉上,他拉過孩子貼附自己身體。

大雨滂沱,他倆在雨中候立不動。究竟走了多遠?他等待閃電,但閃電頻率漸

The Road　260

減;眩亮一回,再復一回,他明白風雨已刷淨他倆足跡。他們攀循沙灘上緣跌跌撞撞,寄盼突遇稍早傍附設營的巨大漂流木;不多久,連閃光亦不復見。然而風向一轉,他聽見遠處啪噠啪噠傳來幽微響聲,於是凝步;你聽,他說。

什麼?

仔細聽。

我沒聽見聲音。

過來。

爸,你聽到什麼?

塑膠布;雨點落上塑膠布的聲音。

依舊向前;沿海踩踏漂沙、垃圾,跌跌絆絆,霎時返達了防雨篷。他跪落沙地、卸下包裹,四下索探穩實塑膠布的岩塊,一一撥入篷下,其後揚起防雨布蓋覆兩人身軀,拿岩塊壓拖雨篷內緣,為孩子脫去溼大衣,以毛毯裹蓋身體;大雨隔防雨布不斷落擊。他剝掉外衣,摟緊孩子,不久,兩人沉沉睡去。

深夜雨歇,他轉醒後仰躺細聽;狂風一止,潮浪重重衝拍、落擊。就第一道幽微晨光起身,他蹚向外灘;風雨循海岸落覆大片雜物,他沿海巡走,探找可用物料。防波堤對側淺灘有陳年古屍隨漂流木起伏漂盪,他想隱蔽這景象不教孩子看見,但孩子說得對,還有什麼需要遮掩?蹚回營地,孩子醒了,靜坐沙間注望他,渾身裹覆毛毯,溼大衣就枯草攤晾;他走近安頓孩子,兩人坐看防波岩外浮動起落的鉛灰大海。

兩人耗費大半上午來回大船卸貨。他生一團火,赤身裸體涉水上岸,哆囉哆嗦抛下纜繩,近附火光取暖;孩子拽帆布袋,破畫起落遲滯的波浪,費力拖拉入岸。他們清空帆布袋,就篝火鋪散衣物、毛毯於燒熱的沙灘。物資多過他倆所能載負,他想沿海駐留,盡量換取幾日飽餐,但周遭形勢不穩,需要承擔風險。當夜兩人倒臥海沙、燒火避寒,身旁環散各式家當。他劇咳轉醒,起身喝口水,往火裡添增木柴;碩整木料揚激連串火花,敷鹽柴薪燃得火心橙紅帶藍。他坐下盯看火堆許久,其後踩踏沙灘,修長倒影落覆身前,隨飄穿過火的海風左右搖曳。一咳再咳,他屈

身撐扶雙膝，唇齒間有鮮血氣味散逸。暗夜中，潮浪緩緩漫近、翻湧，他回想自己生命的進程，竟無事可追憶，片刻之後，便走回營地，自旅袋掏一盅蜜桃罐頭剝開瓶蓋，踞坐火畔拿湯匙慢慢撈食；孩子猶睡著。火光順風飄搖，火星沿沙翻跑；他把空罐夾置兩腳中間，對自己說：日日皆謊言；而你將就死，這是事實。

父子倆取塑膠布、巾毯捆束新存物資，攜過海灘，填入購物車；孩子拎提的分量過多，他趁暫歇時刻撥分一點放進自己背囊。風雨略略移動了大船位置，他凝步注望船身，孩子注望他；你想回船上去嗎？孩子問。

對，再看最後一眼。

我有點害怕。

不會有事；保持警醒就沒問題。

東西多到載不動了。

我知道；我只想再看一眼。

好吧。

263　長路

於是徹首徹尾重巡大船。暫停片刻；仔細思考。他套橡膠雨靴默坐艙廳地板，雙腿擱架桌腳邊；天色漸暗，他竭力召喚過往對船艦的認識。起身踱回甲板，見孩子靜坐火旁，他步入駕駛艙，背倚艙牆落坐椅凳，雙腳還抬在甲板上，幾乎與視線同高。他穿運動衫外罩防水衣，由於毫不保暖而抖顫不停；決意起身時刻，他發現自己不住盯看另側艙牆上的鈕栓：共有四柄，不鏽鋼材質。坐凳曾覆連椅墊，他看凳角猶掛附撕裂的結繩；艙牆中段底側截露一段尼龍繩，繩頭約略翻折，用十字針縫綴，恰恰掛伸在對側椅凳上緣。細檢鈕栓，俱是簡附把手的旋鈕裝置。他起身跪傍凳身，將鈕栓一一向左旋鬆，四柄栓扣都附帶彈簧；解下栓扣後，他撿牆板下沿的繩帶一拉，牆板隨即滑落，正屬甲板底艙的牆內空間納收幾捆帆布，一只收捲用橡皮繩抽繫的橡膠軟墊應是雙人救生艇，還有一對小型塑膠船槳，一盒閃光彈；雜物背後立一口複合工具箱，頂蓋氣孔用黑色電氣膠密封；他拉出工具箱，找出封接處，一口氣剝盡膠帶，撥鬆鉻黃接扣，開啟頂蓋。箱底有一柄黃色塑膠手電筒，一把裝設乾電池的閃光信號發射器，急救箱，鮮黃色塑膠緊急定位電波發射器，一方書本大小的黑色塑膠盒。他撿起塑膠盒，卸下盒栓，翻開盒蓋，裡頭是把古舊的三十七釐米黃銅閃彈槍；他伸雙手取槍翻玩、細看，撥降推桿退出槍膛，膛內淨

空，但另有一截短小簌新的塑膠罐裝盛八顆子彈。他把槍收回塑膠盒，重新閉上盒蓋，扣上盒栓。

踏水上岸，他又打哆嗦又咳嗽，便先將大船取來的方盒擱擺身邊，取毛毯包覆身體，正對篝火棲坐和暖的沙地。孩子蹲下欲舉雙臂環抱他，他現露一抹笑意；你找到什麼，爸爸，孩子問。

急救箱，跟閃彈槍。

那是什麼東西？

待會兒給你看；發送信號用的。

你回船上就是要找它？

對。

你怎知船上有這東西？

嗯，我希望船上有這東西；其實是碰運氣。

他翻開塑膠盒，轉正給孩子看。

是槍啊。

閃彈槍；子彈射入空中炸成一團大火。

孩子從盒裡起出火槍握在手上,說,可以拿來射人嗎?

當然可以。

可以看嗎?

我想看。

對。

這是你去找它的原因?

不會;不過可以害人著火。

會把人射死嗎?

可以。

畢竟我們沒有發送信號的對象,對吧?

對。

你說發射火槍?

對。

可以啊。

真的?

是啊。

天黑以後?

對,天黑以後。

會像慶典一樣。

沒錯,像慶典。

今晚就可以嗎?

好啊。

槍裡有子彈?

還沒有,晚點可以裝。

孩子撫槍站立,舉槍口瞄向大海;哇嗚,一聲輕呼。

對。

著裝完畢,他倆拎最後一批搜掠貨物行過沙灘。爸,你覺得人都到哪兒去了?船上的人?

對。

我不曉得。

你覺得他們死了嗎?

我不曉得。

命運之神不太眷顧他們吧?

對啊,是不是這樣?

男人發笑;你說「命運之神不太眷顧他們」?

嗯,應該是。

我覺得他們全死了。

有可能。

我覺得事情就是這樣。

說不定還活在某個地方啊,男人說,不是沒有可能。孩子不語。兩人持續前行,因雙腳裹覆帆布,外層加捆防雨料裁成的深藍塑膠軟鞋,去回之間,遺留的足跡形狀相當怪異。他思及孩子和其心中的顧慮,過了一會兒後說:我想你說得對,他們應該都死了。

如果還活著,我們就是偷人東西。

我明白。

那好。

你覺得活人有多少?

你說全世界?

嗯,全世界。

不曉得;我們停一下。

好。

我快被你累壞了。

好吧。

兩人落坐包裹間。

爸,我們可以在這待多久?

你問過了。

我知道啊。

看看吧。

意思是不會太久。

孩子伸手指往沙灘戳出一孔孔圓洞，整整圍成一圈；男人注望他，說，我不知可能不會太久。

世上還有多少人，我想不會太多。

我知道。孩子勾緊肩頭毛毯，遠眺灰濛、蒼涼的沙灘。

怎麼啦，男人問。

沒什麼。

不行，快跟我說。

別的地方還可能有人。

什麼地方？

不曉得；哪裡都有可能。

你說地球以外的地方？

對。

不太可能；人在別的地方無法生存。

就算到得了也沒用？

對。

孩子挪開視線。

怎麼？男人說。

他搖搖頭說，我不懂我們在做什麼。

男人張口欲語，然而無話可答；片刻之後他說，世上有人，我們終會遇見，到時你就明白了。

他準備晚餐，孩子在沙地上玩，拿壓平的空罐做沙鏟，造出一座小村莊，街巷掘畫成棋盤狀。男人走近伏身探看，孩子抬頭：會被海浪沖走，對不對？

對。

沒關係。

會寫字母嗎？

會。

都沒給你上課。

就是啊。

能不能在沙上寫幾個字？

要是我們給別的好人寫信,他們走過就會知道我們存在;寫在海拍不到的地方。

壞人看見怎麼辦?

對喔。

不是那個意思;我們當然可以給好人寫信。

孩子搖頭;不了,沒關係。

他為火槍裝填子彈,天一黑,父子倆遠離篝火走向外灘,他問孩子想不想自己開槍射擊。

你射吧,爸爸;你比較會弄。

好。

他把子彈上膛,槍口瞄向海灣扣下扳機,光彈長嘯一聲,襯暗夜畫勾一道弧線,臨掛水面爆綻一朵圍附暗影的火花,鬚鬚鎂光映黑夜緩緩落降,眩亮中,蒼涼的近海波濤升湧復漸退卻;他俯看孩子仰高的小臉。

太遠就看不見了,對不對爸爸?

The Road 272

你說誰?

不管是誰。

對,太遠就不行。

要是你想別人知道你在哪裡呢?

你說好人?

嗯,或其他你想聯絡的人。

比方誰呢?

不曉得。

神嗎?

對啊,類似這樣的人。

清早,孩子猶在夢中,他生了火後往沙灘巡走,未走太久竟不可思議直覺不安,回頭看見孩子兀自扣裹毛毯佇立海濱;他加快腳步,才走近,孩子癱坐下來。

怎麼了,你怎麼啦?

爸,我不舒服。

他伸手叩覆孩子前額,孩子渾身發熱;;他抱孩子回到火邊,說,不要緊,會好的。

我要病了。

沒關係。

他陪孩子棲坐沙灘,孩子屈身狂嘔,他便伸手扶擋孩子額頭,為其抹淨唇嘴。

對不起,孩子說;;噓,沒做錯事不需要道歉。

他帶孩子回營地蓋上毛毯,讓他喝點水,往火裡添增木柴,然後在他身邊跪坐,一手敷蓋他額頭。不會有事的,他說;;孩子萬般驚恐。

你不要走喔,孩子說。

當然不會走哇。

離開一下都不行喔。

不會,我哪兒都不去。

好;;那就好,爸爸。

他整晚懷抱孩子，瞌睡旋復驚醒，反覆測探孩子心跳。天亮了，病況毫無起色。他想餵孩子喝點果汁，然孩子不肯；他拿手心壓覆孩子前額，祈求一絲清涼亦未可得。孩子昏睡著，他為孩子擦抹蒼白的唇，兀自喃喃低語：我會履行承諾，無論如何一定履行承諾，絕不讓你獨自就赴幽冥。

他翻檢取自大船的急救箱，內容幾無合用；阿斯匹靈，繃帶，消毒水，還有幾錠藥丸在他舌尖；孩子渾身大汗。他早為他挪開毛毯，而今又接續剝去外套、便衣，甚至帶他遠離篝火；孩子抬眼望他，說冷。

我知道；但你體溫很高，要想辦法退燒。

可以給我毛毯嗎？

當然可以。

不要走開喔。

不會，我不走開。

275　長路

拎孩子的髒衣服到浪裡漂洗，腰下裸裎，浸在冰冷海水中發抖。衣物順海潮上下撥攪，擰乾了，傍火攤掛木條，斜撐在沙上；他往火裡堆送木柴，回到孩子身邊坐下，輕撫他糾結的亂髮。入夜，他開湯罐頭擱進炭火，進餐同時注望夜幕升起；其後睡醒，發現自己倒在沙地裡直打哆嗦。火堆幾乎只剩殘燼，而夜色墨黑。他慌亂起身，四下索探孩子；還好，他低聲自語，還好。

重燃營火後，他揀一方碎布，浸溼了敷放孩子前額。灰寒清晨漸次降臨，待天色足亮，他走入沙堆外的樹林，拖回一車斷木枯枝，劈折、整理後堆疊在火畔。他撿一只杯子，沿杯底搗碎阿斯匹靈，把藥融進水裡加點糖，坐下扶起孩子的頭，一手扣住杯口讓他啜飲。

沿海步行，他身衰體虛且不住乾咳，有時凝步注看墨黑潮浪洶湧，因疲累而腳步蹣跚。回到營地落坐孩子身邊，他翻整碎布先為孩子抹臉，而後重讓碎布敷蓋額頭；不要走遠，他對自己說，要機靈才好隨他去。抱緊他，這是人生最後一日。

孩子終日昏睡，他不時搖醒他，餵他喝糖水。孩子乾鎖的喉頭咕嚕咕嚕抽動；不喝不行，他說；好，孩子氣若游絲。他把空杯旋進身旁沙堆，取折捲過的毯子墊高孩子汗溼的頭，拿毛毯裹覆身體。冷嗎？他問；孩子已墜入夢境。

他試圖徹夜不眠，但無法如願；於是不斷轉醒，坐直身子掌摑自己，或起身往火裡添送木柴。他懷抱孩子，傾耳聽他費勁呼吸，一手撫覆他瘦突若梯的胸骨。他走入沙灘，踱出火光，佇立著，雙手握拳壓覆頭頂上，而後雙膝落跪，憤怒地抽抽噎噎。

夜裡短暫降雨，水滴啪答答輕拍防雨篷。他將塑膠布拖近覆身，側臥著環抱孩子，穿透防雨布注看篷外淡藍火焰，沉入無夢的睡眠。

再轉醒幾乎不知自己身在何處。營火熄了，雨也停歇，他翻開防雨布，推出雙

277　長路

肘撐高上半身。天光灰濛。孩子注視著他;爸爸,他說。

是;我在。

我可以喝水嗎?

可以啊,當然可以。感覺怎麼樣?

怪怪的。

餓嗎?

覺得好渴。

我拿水。

他推落毛毯起身,啟步蹚過營火餘燼去拿孩子的水杯,從塑膠水罐倒出一整杯水,回到孩子身邊,幫他扣扶著杯子,說,你快好了。孩子喝了水,點點頭,望向父親,飲盡杯底剩水後說,再來一點。

他生了火,撐起孩子的溼衣裳晾,遞給孩子一罐蘋果汁。還記得什麼?他問。

哪件事?

生病。

The Road 278

我記得我們發射火槍。

記不記得去船上卸貨?

孩子坐著飲啜果汁,其後抬頭,說,我又不笨。

我知道。

做了很奇怪的夢。

夢到什麼?

不想跟你說。

沒關係。你來刷刷牙。

拿牙膏刷。

對。

好。

他檢視所有罐裝食品,沒找出可疑的東西,決定扔棄其中鐵鏽較多的幾瓶。當晚,兩人傍火靜坐,孩子餔啜熱湯,男人推轉木桿,桿上晾烤的衣物衝冒熱氣;他不間斷的凝視終教孩子發窘,孩子說,別一直盯著我看啊,爸爸。

好。

但他無法克制。

其後兩天，他倆沿海灘步行至盡頭岬角，又返轉回頭，一路穿踏塑膠軟鞋舉步維艱。每一餐都吃得豐盛。他拿帆布、纜繩、木桿架搭斜頂篷擋風；兩人棄存靴貨，方便推車承載；他計畫兩天後啟程。然而當日向晚踱回營地，沙上竟出現腳印；他立定俯望海岸；天啊，他說，我的天啊。

怎麼回事，爸爸？

他自腰間掏槍，說，過來，快點過來。

怎麼回事，爸爸？

笨蛋，他說，你這笨蛋。

防雨布消失了，毛毯、水罐、暫留營地的存糧亦不翼而飛，帆布飄落沙堆，鞋也不見。他衝入溼地草場到匿藏購物車的地方，同樣不見推車蹤影。什麼都沒了。

孩子立定一旁，大眼圓睜；怎麼回事啊，爸爸？東西全被偷走了，快來。

孩子抬眼望他,不禁開始啜泣。

跟著我,男人說,好好跟著我。

他看見推車輪跡沿鬆軟沙地褪落,近旁跟著靴印。會有幾個人?跨過外岸樹蕨進入硬實地面,輪跡片段消逝又重新浮現;才近大路,他伸手攔擋孩子。海風連連颳吹,路面只剩幾片零星沙斑,幾乎不見塵屑。路面不能踩,他說,你也不許再哭,我們把腳上海沙抖乾淨,過來坐下。

他鬆脫纏腳布甩淨,重新捆覆雙腳。你幫我,他說,我們來找沙,落在路上的沙,就算只有一點點也得找出來,才知道他們往哪個方向去,好吧?

好。

他倆背對背,循反方向各自細索柏油路面,不多久,孩子大喊:爸,來看這裡,他們往這個方向去。他趕過來,孩子蹲路上,說,看這裡。約莫半湯匙海沙由購物車底板斜落路面;很好,他說,我們走吧。

281　長路

兩人小跑上路,他以為自己能負荷這樣的行進速度,卻力不從心。他停步,彎身劇咳,抬眼注望孩子,氣喘吁吁。我們慢慢走,他說,要不他們聽見腳步聲會先躲到一邊。來。

爸,他們有幾個人?

不曉得;說不定只有一個。

要殺掉他們嗎?

我不曉得。

持續前行。暮色四合,他倆深入幽長晦夜行進一小時,才追上偷車賊,那人傾身附靠滿載的購物車,順前方路段搖搖擺擺。他回頭瞥見父子倆,試圖推車逃跑,然而心機枉用,最後仍停住步伐,手握屠刀立定推車後方;見來者擒槍,他向後跨步,並未放下武器。

離開購物車,男人說。

他盯視兩人,而後望向孩子。應是擅離公社的亡命之徒,他的右手手指全截斷了,活似肉身刀鏟。他把右手隱在身後;因為想把所有物資盜走,購物車堆得又高

又滿。

離開購物車；刀放下。

他左右張望,彷若期待幫手現身,形貌枯瘦、沉鬱、齷齪而滿面鬍碴,破舊塑膠外衣拿膠帶綴補。他可以直扣扳機;卻還是撥扳了擊錘;喀啦喀啦,兩次聲響,此外,鹹溼荒原一逕沉默,僅只三人吸吐有聲。襤褸衣衫間,竊賊體臭逸散。男人開口:你再不放下屠刀、離開購物車,我就轟掉你腦袋。賊人注視孩子,自知事態嚴重,於是將刀擱在毛毯上,倒退著遠離推車,然後立定不動。

再退。

他又後退幾步。

爸,孩子張口。

不要說話。

他緊盯竊賊;天殺的,他說。

爸,不要殺他。

竊賊眼珠瘋狂溜轉;孩子涕淚交零。

老兄你別這樣,我都依你了;你就聽聽孩子的話。

283　長路

脫衣服。

什麼？

把衣服脫了，一件也不准剩。

哎呀，你別這樣。

別以為我不會殺你。

別這樣，老兄。

我不想再說一遍。

好吧，好吧；你別激動。

他慢悠悠褪去衣裳，一團骯髒破布疊放在路上。

還有鞋子。

別這樣吧，老兄。

我說鞋子。

好吧，他說，好吧，其後周身赤裸踞坐路面，著手鬆開捆覆腳板那幾張朽爛皮革，起身，用一隻手抓著。

竊賊注視孩子，孩子早背轉過身，抬手掩覆雙耳。好吧，他說，好吧，其後周身赤裸踞坐路面，著手鬆開捆覆腳板那幾張朽爛皮革，起身，用一隻手抓著，放在推車上。

賊子踏步向前,將鞋疊覆毛毯,又倒退離開;赤條條站著,又髒又餓;雙手掩蔽身體,已然顫抖不止。

衣服也放上去。

他彎身捧抱大疊破布置放鞋頂,撫抱著身體說,別這樣啊,老兄。

你對人趕盡殺絕倒沒關係。

我求求你。

爸,孩子說。

你別這樣;聽孩子的。

是你想置我們於死地。

我是餓壞了;換了是你也會這樣做。

拜託老兄,這麼下去我會凍死呀。

我是以其人之道還治其人之身。

別這樣,算我求求你。

他倒拉推車掉頭,手槍擱附車頂,其後盯看孩子;走吧,他說。兩人循大路向

南,孩子一路哭泣,不停回頭看望身後那具胴體,紙板一般,兩手抱覆體表不住打顫。爸,他抽抽搭搭。

別哭了。

我停不下來。

想想我們沒追上他會怎麼樣;不要再哭了。

我盡力了啊。

他倆走近大路迴彎處,賊子猶佇立原地,或因無處可去。孩子不斷回頭,直到竊賊全然落出視線,才停下腳步,倒坐路面抽哭。男人停步看他,自推車扒出鞋子,坐下為孩子脫去纏腳布。你別再哭了,他說。

我沒辦法。

他給兩人穿完鞋,起身循大路往回走,已不見賊子蹤影。他踱回孩子身邊,說,他不見了,我們走吧。

不是不見了,孩子說,同時抬仰雙眼,臉上蓋畫條條煙塵;他不是不見。

你想怎麼做?

幫幫他，爸爸；我們幫幫他。

男人回看大路。

爸，他是餓了才這樣；我們走掉他會死。

他反正要死。

他很害怕，爸爸。

男人蹲下看住孩子：我也怕，你懂嗎？我也很怕。

孩子無話；靜靜坐著，低頭啜泣。

不是你的事，你不必凡事照管。

孩子回了嘴，但他沒能聽見；你說什麼，他問。

孩子抬頭，小臉又溼又糊：是我的事，我一定要管。

父子倆倒轉推車，晃晃搖搖回巡大路，寒風中，傍附漸濃夜色吶喊，卻無人回應。

爸，他不敢出聲。

我們剛剛是停在這裡嗎？

長路

不曉得；好像是。

他們正對空闊夜色沿路呼喊，喊聲飛散於漸次昏黑的海岸，然後停步，雙手圈箍雙唇，朝荒野狂亂召喚；最後，他將賊子衣鞋疊置路面，頂上壓擱石塊；該走了，他說，我們必須離開。

他倆就乾土紮營，並不生火。他揀審罐頭做飯，旋開瓦斯爐烘烤鐵罐；進餐時，孩子不言不語。男人藉青藍爐火注望他臉龐，說，我不是要殺他；孩子亦不回話。食畢，兩人裹毛毯襯暗夜臥睡；他聽見潮聲，或許只是風鳴。細聽孩子呼吸，便知他猶未入睡；片刻之後，孩子說：但我們還是殺了他呀。

清晨吃過早餐後上路；推車超載過度，不易挪推。一只車輪也因此損壞。大路循海岸曲折，行人道蔓生溼地乾草，鉛灰大海遼遠起落，通周靜寂。當夜醒來，桂月蒙鬱暗天色畫越天際，晦白月光幾幾點亮樹影；他側身劇咳，空中布散陰雨氣息。孩子轉醒，他說：跟我說說話。我盡力。

The Road 288

抱歉吵醒你。

沒有關係。

他起身蹚向大路,幽黑路影自暗夜向暗夜延展無盡。遠處低鳴隆隆並非響雷,震盪可憑腳底感知;其無類屬,是亦無以名狀。黑暗中,莫名情物流轉,大地恰與冷酷合謀;低響不再出現。眼下何年?孩子幾歲?他踏上路面,停駐,通周闃靜,世間靈氣涸竭。都城浸浴洪水,蒙覆塵煙的輪廓焚盡了,落降水面。道路交口石林錯落,先知骨卦遍地腐朽。萬籟俱靜,除卻風吟。將有何事可說?這豈是生靈的語言?取筆刀削鵝毛沾刺李、燈灰銘刻記憶?在可測算、能記述的時分?我眼將被奪取,塵灰封我口舌。

再次逐一審檢罐裝食品,將瓶罐扶握手中擰擠,像點驗果攤蔬食是否熟透。揀出兩瓶不盡可靠的,其餘填入推車,他倆再度上路。三天後走入臨港小鎮,揀一座平房,將購物車匿藏屋後車庫,車外疊鋪老舊紙箱;兩人坐踞屋內靜待來人造訪,卻杳無人影。他檢視櫥櫃,櫃內空無一物。他需為孩子探找維他命D,怕孩子要得佝僂病。傍附水槽外望車道,天光濁如洗皂水,循汙穢窗玻璃凝結;孩子倒坐桌

289　長路

邊，小頭伏進臂彎裡面。

他倆穿越小鎮、下踱碼頭，沿途亦無人蹤。他把手槍安落外衣口袋，掌裡擒握火槍。走上渡臺，粗糙木質鋪板以長釘與板底木梁拴扣，板面俱為焦油染黑；邊旁有木質繫纜樁；海灣飄入淡淡鹹水雜木餾油氣味。對岸倉房排立，一抹油輪形廓因鏽蝕而泛紅；聳高的起重機襯映晦暗天際。這裡沒人，他說；孩子靜默以對。

■

父子倆滑推車穿踱後巷，跨越鐵軌，自小鎮盡頭回返鎮內大街。行經最後一幢殘破木屋，一柄飛物順額頂呼嘯劃過，嘩啦啦衝落街頭，毀撞在對側建物外牆。他慌忙攬倒孩子，自己落覆在他身上，同時攀購物車拖拉近身，推車一斜竟癱倒路面，防雨布、毛毯撒落大街。他見大屋頂窗有人瞄準他倆開弓，便推低孩子後腦試圖挺身遮護住他；才聽一記弓弦悶響，腿面突覺刺痛、發熱；王八蛋，他說，你這王八蛋。他將毛毯扒抓一邊，撲衝向前擒起火槍，起身扳定擊鐵，一手撐靠推車

The Road　290

側面；孩子傍附著他。待那人再回窗邊拉弓，他便開火；火球疾升破窗，瞬間勾畫一道燦白弧線，其後但聞男子尖呼出聲。他扣抓孩子將他推低，再拽過毛毯披覆孩子身體；別動，他說，不要動，也不要看。然後勾揪毛毯奔赴街心，探找裝托火槍的方盒；盒體一滑出推車，他隨即掠過開啟，脫出彈殼重裝火彈，閉鎖槍膛之後，將剩餘彈火收入衣袋中。待著別動，他悄聲說，隔毛毯輕輕撫拍孩子身軀，才起身瘸跛著腿橫越大街。

他穿破後門闖進大屋，火槍舉附腰側。屋內器物均剝卸殆盡，僅存赤裸壁骨。踏入起居室，登立梯間樓臺諦聽頂層動靜，他透望正面樓窗，注望推車倒臥街心，而後啟步上樓。

女人垂坐角落環抱男子；她卸下外衣罩覆男人，見他出現旋即譴咒連連。火彈落地燒盡，遺下一落白灰；屋裡微微浮飄燃木的氣味。他踱越居室臨窗外望，女人照監著他，如柴骨瘦，直髮灰白。

樓上還有誰？

女人不語。他繞過她檢視其他房間，大腿嚴重失血，能覺察褲管正吸附肌膚上面。返回前沿居室，他問，箭弓在哪兒？

不在我這兒。

那在哪兒？

我不曉得。

你們被拋下了，對不對？

是我自己留下的。

他轉身瘸拐著腿下樓，開啟前門，注望大屋、背朝鎮街倒退撤出；到推車倒臥處，他豎直車身，堆回存貨；緊緊跟著，他低聲私語，你緊跟著我。

小鎮外緣，他倆揀一座倉房落腳；他滑滾推車直入底側隔間，闔上房門，橫過車身攔擋。他掘拾爐口、瓦斯瓶，引燃爐火置於地面，鬆解腰帶卸下染血外褲；孩子睜眼直看。箭頭沿膝骨上緣畫破一道三吋深口，至今出血未止，整截腿脛上半幾乎變色，可見傷口很深。鐵箭應是居家自製，揀鐵帶、湯匙或天曉得哪一類物資擊打塑成。他注望孩子，說，去看看能不能找到急救箱。

The Road　292

孩子凝止無動作。

別坐著不動啊,快去拿急救箱,操!

孩子躍起離地,走向房門,朝疊覆車頂的防雨布、巾毯底下探挖,拎回急救箱遞給男人,男人默然領受,將小箱擺置身前水泥地,鬆解勾扣翻開,取瓦斯爐點火照明。幫我拿水,他說;孩子揀來水罐,他便扭鬆瓶蓋、沖淋傷口,用手指捏合傷處抹淨血跡。就裂口抹塗消毒水後,他咬開塑膠封套,取出帶鉤縫針和一小捆絲線,撥捻絲線對光,引其穿入針眼。他拾一柄鉤鉗夾扣縫針,卡穩了,動手縫合傷口;因行動快速,並未感到劇烈疼痛。孩子伏蹲地面望他,再次屈身檢視縫口;不用看沒關係,他說。

還好嗎?

嗯,還好。

痛嗎?

很痛。

沿絲線扭一口結拉實,從急救箱取剪刀截斷線頭,他望向孩子,孩子注望他一切舉動。

293 長路

抱歉對你很凶。

孩子抬眼;不要緊,爸爸。

我們和好吧。

好。

清晨落降大雨,狂風拂撥,後窗咯吱作響。他起身朝外遠望;鋼板碼頭泰半崩塌、沉落海灣,沒頂漁船僅留駕駛艙俯望蒼浪;窗外杳無動靜,能飄移、遷徙的,老早隨風散盡。腿脛抽痛,他褪落紮帶消毒傷口,同時審檢傷處;黑線縫合面,腿肉浮腫、變色。他纏回紮帶,穿上因血僵固的外褲。

兩人借倉房逗留一天,終日踞坐紙箱木盒間。別不跟我說話,男人說。

我有跟你說話。

有嗎?

現在就在說啊。

要不要說故事給你聽?

The Road 294

不要。

為什麼?

孩子看他,又將目光移遠。

為什麼呢?

故事又不是真的。

不用是真的呀,就是故事嘛。

故事裡的人都互相幫助,我們根本沒幫助別人。

那你說故事給我聽。

我不要。

好吧。

我沒故事可說。

你可以說你自己的故事。

你早知道我所有的故事;發生的時候你都在啊。

你心裡的故事我不知道。

你說夢?

夢是一種；或是你心裡的想法。

喔；可是故事該有快樂結局。

不一定要快樂結局。

你的故事要有快樂結局。

你沒有快樂的故事嗎？

我的故事比較接近現實。

我的就不是。

對，你的不是。

男人注望孩子；現實很糟嗎？

你覺得呢？

嗯，至少還活著吧；我們經歷很多不愉快的事，但是都撐過去了。

是啊。

你不覺得這樣很好嗎？

還可以啦。

他倆拖一張工作臺到窗邊，蓋上毛毯，孩子趴在臺上眺望海灣，男人靜坐，伸平大腿；兩人之間是兩把短槍、一盒火彈，擱在巾毯上。稍過一會兒，男人說：我覺得我們的故事不錯，是個好故事，而且有價值。

爸，無所謂啦；我只想安靜一下。

夢呢？你以前偶爾會說你做的夢。

我什麼都不想說。

好吧。

反正都不是好夢；我夢的都是壞事。你說做噩夢沒關係，好夢招的才是厄運。

應該是吧；我也不確定。

你起床咳嗽會避到路邊或別的地方去，可是我還是聽得見。

對不起。

有一次我還聽到你哭。

我知道。

你要是不准我哭，你自己也不能哭。

好。

你的腿會好嗎？
會。
不是說說而已吧。
不是。
因為看起來真的很痛。
沒那麼痛。
那人想殺我們，對不對？
對。
你把他殺了嗎？
沒有。
你說真的？
真的。
好。
這樣可以嗎？
嗯。

你不是不想說話？

是不想啊。

兩天後出發；男人跛腳推車，孩子依傍他到步出小鎮邊野。大路循灰平海岸延展，路面積堆狂風撇棄的沙礫；前行不易，他倆就推車底層掛帶一柄木條板，挨擠處，用來剷平道路。踄入海灘，踞坐沙堆背風側鑽研地圖。他們拎著瓦斯爐，燒了水、泡了茶後，裹毛毯逆風靜坐。沿海猶見古船肋柱，任飄沙吹磨的梁骨呈色蒼灰，鑽附古舊手旋螺栓；深紫色船鐵蝕孔點點，應是加地斯或布里斯托[6]煉的鐵，取過就墨黑砧板鍛淬。隔日穿行圍封的臨海別墅廢墟，循大路畫越松林向內陸行進；長直公路探入落地松針，風就枝葉繞行。

正午，他背著最燦亮天光端坐路面，擒剪刀齧斷傷處縫線，其後收妥剪刀，自急救箱起出鉤鉗，拆脫肌膚間細短黑線，同時用拇指內側壓實傷口；孩子靜坐路面

6 Cadiz，位於西班牙西南方；Bristol，位於英國西部。

299　長路

看他。他拿鉤鉗扣緊縫線一頭，一條條拉脫，傷處微滲點點紅血。完事後放下鉤鉗，用紗布纏妥傷口，起身套上長褲；急救箱交付孩子收拾。

很痛對不對，孩子問。

嗯，很痛。

所以你真的很勇敢？

中等勇敢。

你做過最勇敢的事是什麼？

他朝大路呸吐一口血痰，說，今早醒來。

真的？

不是；你別聽我的。來吧，上路了。

向晚，另座濱海小城的鬱暗形廓投入眼簾；其間，高樓群幽微偏斜。鋼筋鐵架定在大火中熔軟了又復強固，大樓才歪扭失準。熔卻的窗玻璃淌掛牆面，凝結了，狀若糕點糖衣。他倆逕自向前。如今，他時時在暗夜轉醒，任記憶凍結來自柔情世界的廢品殘跡，百鳥吟唱，和煦的日光。

他讓雙臂交疊推車扶桿,前額靠附臂彎,猛烈乾咳;其後,呸吐的唾液帶血。

歇停的節奏愈來愈頻繁;孩子靜觀一切。他想,換個時空,孩子會驅趕他遠離自己的人生;;然此刻已是他所有。他知道孩子夜裡醒著,側耳細聽,確認他猶未死去。

畫日脫剝、逸離,無人計算,不問曆數。州際公路遠端,一長排汽車焦枯、鏽壞;胎膠熔卻,輪輞浸陷霧灰的僵固膠泥,其上纏繞焦黑線圈;椅墊彈簧外露,擱架著火化焦屍,俱皺縮如孩童形體──千萬夢想在其焦脆的心上埋葬。兩人移步向前,旅行現世荒土,猶若倉鼠空踏轉輪。是夜死寂,夜色益發沉黑;地凍天寒。父子倆幾不交談;他不時咳嗽,孩子會繼續前進,而後止步回眸,他便升抬淚眼破敗,絕望。他若停步倚附推車,孩子會咳痰帶血。沿路前行,身形佝僂;骯髒;汪汪,看他佇立路間,自無可臆想的未來回看自己,像聖壇兀自閃耀荒原。

大路破穿枯涸沼澤,僵凍泥地中,冰管矗立似岩洞裡石灰沉積。路旁遺留古舊

的火炙傷痕,其後綿延一路幽長小徑。死就的溼地;枯樹浸立灰水,體表蔓覆蒼白苔斑;柔細煙塵傍附大路邊石洩灑。他斜倚遍沾沙土的水泥護欄;萬物俱毀,或能揭露太初起源;山,海,及世間一切驟逝,浩大的反奇觀景致。荒野無盡,焦渴,淡漠中連綿無期。闃寂。

路上,枯松迎風倒折,連延的衰敗風景畫越郊野。地表廢墟四散,圈圈鐵線垂落夾道電桿,錯雜若織。路面載滿棄物殘骸,傍推車穿行益發費勁;最後,兩人僅能落坐路旁茫對前程──屋頂,樹幹,船;遠處穹蒼遼闊,近地,陰鬱大海變幻幽緩。

他倆沿路檢視錯落的物資殘骸,他揀出一只帆布袋供自己負背上肩,一方小箱留給孩子。捆妥毛毯、防雨布和餘剩的罐裝食物,兩人撇棄推車,攜背包、旅袋重新上路;殘毀棄物間蹣跚步行,進度遲緩;他亟需停頓休憩。路旁沙發椅墊受潮漲

The Road 302

腫,他倒坐其間,彎身,劇咳。他攔臉拉脫染血的面罩,起身就邊溝浸洗,擰乾後靜立路面,吸吐飄化縷縷白煙。寒冬已然臨降,他回看孩子,孩子傍立衣箱,像孤兒,正候待離鄉的旅車。

該怎麼辦哪爸爸,他說。

隨遇而安吧,孩子回答。

■

兩天後行經寬闊河口,跨河便橋坍崩,垮入流淌緩慢的河水。他們踞坐碎裂的大路側緣,看潮水退覆河面後,旋流於鐵橋格網。他遠眺對岸郊野。

循潮間泥灘步出狹長海岬,一艘小艇半沉岬間;他倆立定注看,小艇已盡數毀朽。狂風挾雨,父子倆負家當跋涉沙灘探尋棲所,卻無所獲;他伸腳刮撥海岸,將落散的骨色柴火勾攏,生火靜坐沙堆之中,拽塑膠布披蓋過頭,看清冷雨水自北方挪近。雨勢漸強,落地後直鑽海沙;篝火騰蒸水氣,雨煙輕緩繚繞,防雨布劈啪作

303　長路

響,其下,孩子蜷曲身體,不久便墜入夢境。男人提裹塑膠布成帽兜,注望大雨覆罩蒼灰大海,而潮浪沿岸碎散,復循沙灘退遠,浪下沙色鬱沉,灘面斑斑點點。

隔日趨赴內陸,繞經大片低沼,其間飄風難及,齒蕨、繡球花、野生蘭草,抽長如灰白虛像。行進已成磨難;兩天後重上公路,他卸下旅袋、抱胸折腰,踞坐路面乾咳至再難喘咳出聲。再多兩天,便已浪遊十哩。他倆渡河後前行未遠,到臨一處岔路;遠睇郊野,一席風雨方飄穿地峽,由東向西夷倒枯焦大樹,猶若推撥溪床小草。兩人就地紮營;才癱倒,他自知再無能力前行,此地便是終點。

孩子坐下照看,淚眼婆娑;噢,爸爸,他說。

他見孩子穿行草地,手捧新取清水落跪,通周環伺燦亮光影。他取水杯啜飲後癱倒;存糧僅餘一盅蜜桃罐頭,他讓孩子獨享,自己丁點未沾。我吃不下,你吃沒關係。

那我留一半給你。

好,你留一半明天再吃。

孩子攫水杯走開,每一舉措,皆有靈光伴隨。他試圖拿防雨布架置篷帳,卻遭男人抑止;他說,他不願受遮蔽。倒臥野地看孩子傍依篝火,他只願自己視線清晰;看看四周,他說。天地悠悠,然此時此景,未有先知不被讚頌;你怎麼訴說自己都不會出錯。

■

孩子在風裡嗅出溼塵,便走上大路,自夾道棄物揀拽一方層板,拿石塊釘立木桿,搭就晃搖不實的斜頂篷;然而天未落雨。他留下火槍,攜手槍遍巡郊野探找食物,卻空手而回。男人牽握他手,吁喘不已。你得自己走下去,我不能陪你了,但你要繼續走。你不知走下去會遭遇什麼,但我們一向幸運,所以你自己也能交上好運。走下去你就懂了,沒關係。

我不行。

沒問題的。走了這麼遠走到這裡,你要繼續往南,照以前的方法過日子。

你會好的,爸爸;你要好起來啊。

305　長路

我不會好了。記得隨時帶槍;去找好人但不要輕易冒險,不能冒險,懂嗎?

我想陪你。

不行。

拜託你。

不行;你必須把火傳下去。

我不會做。

你會。

是真的嗎?真的有那把火?

是真的。

在哪裡?我不知道在哪裡。

你知道啊;火在你心裡,它一直一直在那裡;我看得見。

拜託帶我走。

不行。

拜託,爸爸。

我不行。我不能抱著自己的孩子一起死;我以為我能做到,但我真的不行。

你說你永遠不會離開我。

我知道;對不起。但我全心全意愛你,永不改變。你是世上最好的人,向來是世上最好的。我不在你還是可以跟我說話;你跟我說話,我會回答,慢慢地你就懂了。

我聽得見你嗎?

會啊,你會聽見;就跟你想像的對話一樣,你會聽見。多練習,不要放棄,好嗎?

好。

爸,我好怕。

我知道。但你不會有事的;我相信你會交好運。我不能再說話了,不然又要咳嗽。

好,爸爸,你不要講話;沒關係。

∎

他沿大路行走,到不再有勇氣繼續為止,便回返營地。爸爸睡著了,他走進板篷落坐他身邊,看顧著他。他閉上雙眼對他說話,其後猶閉雙眼側耳諦聽;其後又練習一遍。

他趁闃黑轉醒,咳聲細微。倒臥野地細聽,孩子裹毛毯靜坐火畔注望他。滴水;漸趨黯淡的光線。是舊夢浸滲清醒時分;滴水在岩洞裡,光是燭光,立在孩子手中的扁銅戒座上。蠟油潑灑石面;貧瘠黃土拓陷未知物種形跡。他倆循冰冷廊道渡越臨界點,自始至終,僅為承負光明,從此無路可退。

爸,你記得那個小男孩嗎?
是,我記得。
你想他會平安無事嗎?
會啊,我相信他平安無事。
你覺得他迷路了嗎?
不是,應該不是迷路。

The Road 308

我怕他是迷路了。

我相信他不會有事。

假若迷路，誰會來找他？誰會來找那個男孩？

良善會找到他；它始終會找到，也會再次找到。

他冰涼的手，一遍遍複述他名字。

是夜他緊依父親，攬擁著他睡；隔日清晨轉醒，父親身軀已冰凍、僵硬。他獨坐許久，默默淚流，其後起身，穿越林木步向大路；再回返，跪坐父親身邊，牽握

如此度過三天，他步上大路，遠望前程，回望來路。有人走近；他欲轉身回藏樹林，卻未動作，只靜立路中等候，手裡擒握短槍。他用所有毛毯蓋覆父親，所以既凍又餓。氣喘呼呼的男人映入眼簾，停步望他；他穿雪衣，灰黃相間，倒轉獵槍，用編飾過的繫繩負在肩上，彈殼填附尼龍彈帶。他參與過零星戰役，蓄山羊鬍，頰上帶疤，臉骨碎裂，一隻眼睛鼓碌碌溜轉，說話時雙唇扭缺，微笑亦然。

你的同伴呢？

309　長路

死掉了。
是你父親?
對,是我爸爸。
我很遺憾。
我不知該怎麼辦。
我建議你跟我。
你是好人嗎?
男人撥落蓋覆臉面的帽兜,髮絲既長又纏捲;他抬望天空,彷若天外另有事息,而後盯望孩子。對,我是好人。把槍拿走好嗎?
我無論如何不會把槍給人。
不是要你的槍,只是不想你拿槍指著我。
好吧。
你的東西呢?
我們沒什麼東西。
有睡袋嗎?

沒有。

那有什麼呢？毯子？

我把爸爸包在裡面。

我們去看。

孩子不動；男人望著他，蹲下，單膝點地，自腋下掄起獵槍立在路面上，傾身靠附槍托。彈帶勾環繫掛的彈殼必須手動填裝，彈頭點封燭蠟。他渾身飄附燃木氣味。他開口：聽我說，你有兩個選擇；老實說，我們也討論過該不該跟在你們後頭。你可以留下來守著爸爸等死，也可以跟我走。如果你想留下，我建議你遠離大路。我不知道你們怎麼過來的，但我覺得你該跟我；不會有事的。

我怎麼知道你是不是好人？

不會知道；所以得賭一賭。

什麼？

你要把火傳下去嗎？

什麼？

把火傳下去？

你不是很清醒，對吧？

311 長路

沒有。
有一點吧?
對。
沒關係。
所以你會不會?
會不會什麼?把火傳下去?
對。
會,我們會。
你有小孩嗎?
有。
有小男孩嗎?
一個男孩,一個女孩。
男孩幾歲?
跟你差不多大,可能稍大一點。
你不會吃小孩吧。

不會。

不吃人肉。

對,不吃人肉。

我可以跟你們走?

可以。

好吧。

好。

兩人步入樹林。男人蹲下,檢視歪斜層板篷下,那具蒼灰枯槁的屍體。毛毯都在這裡?

對。

是你的手提箱?

對。

他起身,盯望孩子;你回路上等,毛毯跟東西我來拿。

我爸怎麼辦?

什麼怎麼辦？

不能把他丟在這裡。

可以。

我不想別人看到他。

不會有人看他。

用樹葉把他埋起來好嗎？

樹葉會被風吹走。

拿一條毛毯把他包起來可以嗎？

我來做。你去吧。

好。

他在路上等候。男人拎提箱走出樹林，毛毯掛覆肩頭。他理理毯子，遞一條給孩子；拿著，身體裹起來，太冷了。孩子想把槍託給他，然男人不肯；自己拿著吧，他說。

好。

會用嗎?

會。

好。

我爸怎麼辦?

能做的都做了。

我想跟他道別。

你沒事吧?

沒事。

那你去吧,我等你。

他走回林區,跪坐父親身旁;男人信守承諾,在他身上覆裹一條毛毯。孩子沒有翻開毯子,只靜靜坐在他身邊哭泣,無法抑止。哭了很久。我每天都會跟你說話,他悄聲說,不論發生什麼事,都不會忘記。其後站起,背轉過身,踱回大路。

女人才見孩子,便伸張雙臂攬擁他;喔,她說,能見你真好。有時她對孩子闡說上帝,於是他學著對上帝說話;然而最美妙的,還是與父親對話;他對父親說

315 長路

話，從不曾忘記。女人說沒有關係；儘管漫無窮盡在人與人之間移轉，她說，上帝的呼吸，便是人的呼吸。

深山溪谷間曾有河鱒，在琥珀色流水中棲止，鰭片勾覆白邊，順流水漂撥漣紋。掏捉手裡散發苔蘚香氣；澤亮，有力，曲扭不停。魚背上彎折的鱗紋猶如天地變幻的索引，是地圖，也是迷津，導向無可回返的事物，無能校正的紛亂。河鱒優游的深谷，萬物存在較人的歷史悠長；它們輕哼細唱，歌裡是不可解的祕密，晦澀的難題。

戈馬克・麥卡錫年表

一九三三年　七月二十日出生於美國羅德島州普洛維登斯。本名查爾斯・麥卡錫（Charles McCarthy）。

一九三七年　隨家人遷居至美國田納西州諾克斯維爾。在此地就讀諾克斯維爾天主教中學，並於當地的聖母無原罪主教堂擔任祭壇助手。

一九五一年　進入田納西大學就讀，一度中斷學業，直到一九五九年離開學校為止，始終未完成學業。

一九五三年　離開大學加入美國空軍，四年後退伍，重返校園。

一九五九年　大學期間於文學雜誌發表短篇小說《叫醒蘇冊》（Wake for Susan）、《溺水事件》（A Drowning Incident），寫作成績獲英格朗梅里爾基金會（Ingram Merrill Foundation）授獎肯定。

一九六〇年　決心以寫作為志業，以愛爾蘭中世紀兩位君主Cormac mac Airt、Cormac mac Cuilennáin之名，為自己取筆名。

一九六一年　與第一任妻子李・霍曼（Lee Holleman）結婚，兩人於次年離異，長子柯倫・麥卡錫（Cullen McCarthy）誕生。

一九六五年　出版首部小說《果園守護者》（The Orchard Keeper），翌年獲威廉福克納基金會獎。

317　長路

一九六六年 獲洛克斐勒基金會贊助，旅居歐洲，創作小說《境外之黑》(Outer Dark)。

一九六七年 與第二任妻子安妮・迪萊爾（Annie DeLisle）結婚。

一九六八年 出版《境外之黑》。

一九六九年 獲古根漢基金會藝術獎助金。遷居至田納西州路易斯威爾，創作小說《上帝之子》(Child of God)。

一九七三年 出版《上帝之子》。

一九七六年 與迪萊爾分居，遷至德克薩斯州艾爾帕索。

一九七九年 出版寫了二十年之久的半自傳體小說《沙崔》(Suttree)。

一九八一年 與迪萊爾離異。同年獲麥克阿瑟基金會獎助金。

一九八五年 出版小說《血色子午線》(Blood Meridian)。受到高度評價，獲《時代》雜誌列入一九二三年至二○○五年最好英語小說前一百名書單。

一九九二年 出版小說《所有漂亮的馬》(All the Pretty Horses)，憑該作獲頒美國國家圖書獎、美國國家書評獎。二〇〇〇年由比利・鮑伯・松頓執導，改編為電影。

一九九四年 出版小說《穿越》(The Crossing)，入圍國際都柏林文學獎。

一九九六年 出版小說《平原之城》(Cities of the Plain)，入圍國際都柏林文學獎。《平原之城》與《所有漂亮的馬》、《穿越》為「邊境三部曲」系列作。

一九九七年　與第三任妻子珍妮佛・溫克利（Jennifer Winkley）結婚，兩人定居於新墨西哥州。

一九九九年　次子約翰・法蘭西斯・麥卡錫（John Francis McCarthy）誕生。

二〇〇五年　出版小說《險路》。進入國際都柏林文學獎決選名單。二〇〇七年由柯恩兄弟執導，改編為電影《險路勿近》，於第八十屆奧斯卡金像獎拿下四項大獎。

二〇〇六年　出版小說《長路》，憑該作獲頒普立茲小說獎、詹姆斯泰特布萊克紀念小說獎、美國鵝毛筆獎，入圍國際都柏林文學獎。與溫克利離異。

二〇〇八年　獲頒美國筆會索爾貝婁獎。

二〇〇九年　《長路》由約翰・希爾寇特改編電影《末路浩劫》。

二〇一二年　詹姆斯泰特布萊克紀念小說獎評選歷年最佳小說獎，《長路》進入決選名單。

二〇一四年　於全球最大科技智庫之一聖塔菲智庫中心（Santa Fe Institute）擔任終身研究員。

二〇一七年　於《鸚鵡螺》發表分析潛意識與語言系統的哲學散文《凱庫勒問題》（The Kekulé Problem）。

二〇二二年　《乘客》（The Passenger）、《海星聖母》（Stella Maris）相隔六週問世。

二〇二三年　逝世於聖塔菲智庫中心，享壽八十九歲。

Litterateur 16

長路《紐約時報》21世紀百大好書‧動盪世代的必讀經典
The Road

・原著書名：The Road・作者：戈馬克・麥卡錫（Cormac McCarthy）・翻譯：毛雅芬・封面設計：莊謹銘・排版：李秀菊・責任編輯：林奕慈・主編：徐凡・國際版權：吳玲緯、楊靜・行銷：闕志勳、吳宇軒、余一霞・業務：李再星、李振東、陳美燕・總編輯：巫維珍・編輯總監：劉麗真・事業群總經理：謝至平・發行人：何飛鵬・出版社：麥田出版／城邦文化事業股份有限公司／115台北市南港區昆陽街16號4樓／電話：(02) 25000888／傳真：(02) 25001951・發行：英屬蓋曼群島商家庭傳媒股份有限公司城邦分公司／115台北市南港區昆陽街16號8樓／書虫客戶服務專線：(02) 25007718；25007719／24小時傳真服務：(02) 25001990；25001991／讀者服務信箱：service@readingclub.com.tw／劃撥帳號：19863813／戶名：書虫股份有限公司・香港發行所：城邦（香港）出版集團有限公司／香港灣仔駱克道193號東超商業中心1樓／電話：(852) 25086231／傳真：(852) 25789337・馬新發行所／城邦（馬新）出版集團【Cite(M) Sdn. Bhd.】／41, Jalan Radin Anum, Bandar Baru Sri Petaling, 57000 Kuala Lumpur, Malaysia.／電話：+603-9056-3833／傳真：+603-9057-6622／讀者服務信箱：services@cite.my・印刷：前進彩藝有限公司・2025年8月四版一刷・定價400元

國家圖書館出版品預行編目資料

長路／戈馬克・麥卡錫（Cormac McCarthy）著；毛雅芬譯. -- 四版. -- 臺北市：麥田出版：英屬蓋曼群島商家庭傳媒股份有限公司城邦分公司發行, 2025.08
　面；　公分
譯自：The Road
ISBN 978-626-310-916-2（平裝）
EISBN 978-626-310-917-9（EPUB）
874.57　　　　　　　　　114007100

城邦讀書花園
www.cite.com.tw

Copyright © 2006 by M-71, Ltd.
Complex Chinese Translation Copyright © 2025 by Rye Field Publications, a division of Cite Publishing Ltd.
Published by arrangement with Creative Artists Agency through Bardon-Chinese Media Agency
ALL RIGHTS RESERVED